美文馆

小小说美文馆

主编

马国兴

吕双喜

流年

可是时光永不腐朽

郑州大学出版社

郑州

图书在版编目(CIP)数据

流年:可是时光永不腐朽/马国兴,吕双喜主编.—郑州:
郑州大学出版社,2017.1
(小小说美文馆)
ISBN 978-7-5645-3663-3

Ⅰ.①流…　Ⅱ.①马…②吕…　Ⅲ.①小小说-小说
集-中国-当代　Ⅳ.①I247.82

中国版本图书馆 CIP 数据核字(2016)第 309207 号

郑州大学出版社出版发行
郑州市大学路 40 号　　　　　　　邮政编码:450052
出版人:张功员　　　　　　　　　发行部电话:0371-66658405
全国新华书店经销
河南文华印务有限公司印制
开本:710 mm×1 000 mm　1/16
印张:10
字数:146 千字
版次:2017 年 1 月第 1 版　　　　印次:2017 年 1 月第 1 次印刷

书号:ISBN 978-7-5645-3663-3　　　定价:25.00 元
本书如有印装质量问题,请向本社调换

编委名单

主　　编　马国兴　吕双喜

副主编　王彦艳　郜　毅

编　　委　连俊超　牛桂玲　胡红影　陈　思
　　　　　　李锦霞　段　明　孙文然　阿　莲
　　　　　　阿　康　荣　荣　蔡　联　徐小红
　　　　　　郭　恒

序

杨晓敏

书来到我们手上，就好像我们去了远方。

阅读的神妙之处，在于我们能够经由文字，在现实生活之外，构筑属于自己的精神生活。透过每篇文章，读者看到的不仅是故事与人物，也能读出作者的阅历，触摸一个人的心灵世界。就像恋爱，选择一本书也需要缘分，心性相投至关重要，阅读的过程中，你会发现他与自己的不同，而你非常喜欢，也会发现他与自己的相同，以至十分感动。阅读让我们超越了世俗意义上的羁绊，人生也渐渐丰厚起来。

在这个信息碎片化的网络时代，面对浩若烟海的读物，读者难免无所适从，而阅读选本无疑是一个不错的选择。从《诗经》到《唐诗三百首》再到《唐诗别裁》，从《昭明文选》到"三言二拍"再到《古文观止》，历代学者一直注重编辑诗文选本，千淘万漉，吹沙见金。鲁迅先生说过："凡选本，往往能比所选各家的全集更流行，更有作用。册数不多，而包罗诸作。"为承续前人的优秀传统，我们编选了"小小说美文馆"丛书。

当代中国，在生活节奏加快与高科技发展的影响下，传统的阅读与写作方式发生了深刻的变化，小小说应运而生，成为当下生活中的时尚性文体。作为一种深受社会各界读者青睐的文学读写形式，小小说对于提高全民族的大众的文化水平、审美鉴赏能力，提升整体国民素质，在潜移默化中起到了不可估量的作用。小小说注重思想内涵的深刻和艺术品质的锻造，小中见大、纸短情长，在写作和阅读上从者甚众，无不加速文学（文化）的中产阶级的形成，不断被更大层面的受众吸纳和消化，春雨润物般地为社会进步提供着最活跃的大众智力资本的支持。由此可见，小小说的文化意义大于它的文学意义，教育意义大于它的文化意义，社会意义又大于它的教育意义。

因为小小说文体的简约通脱、雅俗共赏的特征，就决定了它是属于大众文化的范畴。我曾提出，小小说是平民艺术，那是指小小说是大多数人都能阅读(单纯通脱)、大多数人都能参与创作(贴近生活)、大多数人都能从中直接受益(微言大义)的艺术形式。小小说作为一种文体创新，自有其相对规范的字数限定(一千五百字左右)、审美态势(质量精度)和结构特征(小说要素)等艺术规律上的界定。我提出的小小说是平民艺术，除了上述的三种功效和三个基本标准外，着重强调两层意思：一是指小小说应该是一种有较高品位的大众文化，能不断提升读者的审美情趣和认知能力；二是指它在文学造诣上有不可或缺的质量要求。

小小说贴近生活，具有易写易发的优势。因此，大量作品散见于全国数千种报刊中，作者也多来自民间，社会底层的生活使他们的创作左右逢源。一种文体的兴盛繁荣，需要有一批批脍炙人口的经典性作品奠基支撑，需要有一茬茬代表性的作家脱颖而出。所以，仅靠文学期刊，是无法垒砌高标准的巍巍文学大厦的。我们编选"小小说美文馆"丛书，是对人才资源和作品资源进行深加工，是新兴的小小说文体的集大成，意在进一步促进小小说文体自觉走向成熟，集中奉献出思想内容与艺术形式兼优的精品佳构，继而走进书店、走进主流读者的书柜并历久弥新，积淀成独特的文化景观，为小小说的阅读、研究和珍藏，起到推动促进的作用。

编选"小小说美文馆"丛书，我们选择作品的标准是思想内涵、艺术品位和智慧含量的综合体现。所谓思想内涵，是指作者赋予作品的"立意"，它反映着作者提出(观察)问题的角度、深度和批判意识，深刻或者平庸，一眼可判高下。艺术品位，是指作品在塑造人物性格，设置故事情节，营造特定环境中，通过语言、文采、技巧的有效使用，所折射出来的创意、情怀和境界。而智慧含量，则属于精密判断后的"临门一脚"，是简洁明晰的"临床一刀"，解决问题的方法、手段和质量，见此一斑。

好书像一座灯塔，可以使我们在瞬息万变的社会不迷失自己的方向，并能在人生旅途中执着地守护心中的明灯。读书是一种积极的生活情趣，一个对未来的承诺。读书，可以使我们在人事已非的时候，自己的怀中还有一份让人感动的故事情节，静静地荡涤人世的风尘。当岁月像东去的逝水，不再有可供挥霍的青春，我们还有在书海中渐次沉淀和饱经洗练的智慧，当我们拈花微笑，于喧嚣红尘中自在地坐看云起的时候，不经意地挥一挥手，袖间，会有隐隐浮动的书香。

(杨晓敏，河南省作协副主席，郑州小小说文化传媒有限公司董事长、总编辑，《小小说选刊》《百花园》主编。)

目 录

小鞋子 .... 巩高峰 001

小黑店 .... 巩高峰 006

成人礼 .... 何君华 011

桥边的老人 .... 何君华 014

手电筒 .... 袁省梅 017

最香的一个冬夜 .... 袁省梅 021

黍地里的秘密 .... 修祥明 025

祥祥的明天 .... 符浩勇 029

远逝的牛犄角 .... 刘建超 033

外婆的压岁钱 .... 万 芊 037

可是时光永不腐朽 .... 安暮帆 041

塘 .... 胡天翔 044

父子夜话 .... 韦如辉 048

8 月 31 日的父亲 .... 韦如辉 051

脚印里洼着几只蝌蚪 .... 李国军 054

马蜂窝,海金沙　　　李国军　056

白月光　　　李国军　059

爷爷的缸　　　崔　立　062

柳笛带到小时候　　　贺敬涛　065

偷　园　　　白　秋　068

1986 年的肉丝面　　　李世民　071

老　马　　　李世民　074

线装书　　　高　薇　077

太阳岛上　　　包利民　080

听赵瞎子说书　　　马贵明　082

二哥请我吃过一顿饭　　　马贵明　086

奶奶的荣耀　　　黄克庭　090

看　见　　　蒋　寒　094

寻隐者不遇　　　于心亮　098

你找梁羽生算账去　　　墨　村　102

宁静的夜　　　田　秌　105

父亲的味道　　　韦　名　108

小　巷　　　林庭光　112

关东少年　　　徐国平　115

老獾那双眼　　　杨海林　118

朗读的心　　　亦　农　121

阴阳年　　　警　喻　125

肉　　　　　　　　　　　　　　　　　　　连俊超　129

1986 年落雪时分　　　　　　　　　　　　连俊超　133

南园　　　　　　　　　　　　　　　　　　宋以柱　137

偷　杏　　　　　　　　　　　　　　　　　宋以柱　140

父亲和他的猎狗　　　　　　　　　　　　　徐建英　143

夜　魅　　　　　　　　　　　　　　　　　徐建英　146

泛黄的粽叶　　　　　　　　　　　　　　　徐建英　149

流年·可是时光永不腐朽

小鞋子

巩高峰

　　那双鞋在我眼前出现时,我觉得它简直不是从鞋盒里被拿出来的,而是自己跳出来的,带着耀眼的光芒。鞋是真皮的,枣红色的鞋面,橙黄色的牛筋底,鞋底有一排可爱的菱形方框,鞋带松松垮垮地系着,仿佛在懒散又傲骄地说:"你来穿我啊!"

　　这可是我的第一双皮鞋,而且竟然是我爸买的!

在我爸眼里，只有天塌下来才是事儿。所以他总出门，却连糖果都没给我们买过一块，更别说衣服鞋子玩具了，我严重怀疑他知不知道我们的衣服穿多大、裤子穿多长。可这次，我爸不知道哪根筋搭错了，竟然给我买了双皮鞋，是单独给我一个人买的哦！天啊，他挑的还是最洋气的枣红色，最神奇的是，他竟然知道我脚是几码……

这种种破天荒加在一起，让我心里严重不踏实。那天傍晚，我妈给我洗脸、洗手、洗脚，然后试鞋子，我不知道试穿鞋子为什么要洗手洗脸，只是有些恍惚地照做。我惴惴不安地想，不会等一会儿把我梳洗打扮好了，弄得干干净净漂漂亮亮的，然后将我卖了吧？

皮鞋正合脚，软软的底、硬硬的帮，系上鞋带，我妈高兴地拍了拍手，让我走两步，说："去给你爸看看。"我像是踩在棉花上，不，肯定是踩着云朵，摇摇晃晃、扭扭捏捏地走到我爸跟前，两只手不知道往哪里放，那一刻我只希望自己无限缩小，最好能缩到鞋子里。因为以往我爸出门回来，第一件事就是算旧账——看看他走之后我都干了多少坏事、惹了多少祸。

可现在他一直对我笑，笑得我心里发毛。

见我表演完毕，我妈笑着招手让我回去，说："我先替你把皮鞋收起来，等过年过节或者有什么重要日子，你穿出去绝对洋气！"

我这才发现弟弟小肆的眼神，那已经不是羡慕嫉妒恨所能形容的了。我有点儿心虚地低下头，看着我妈仔细地把鞋子裹上防潮纸，装进盒子，塞到床下的箱子里。小肆的眼睛一直跟着那双鞋走，等我妈盖上箱子推进床底下再放下床单，小肆的眼神似乎还黏在鞋上。

我心里噼里啪啦开始翻日历，我妈说的过年过节或者重要日子——下个星期堂哥结婚，全家都要去吃酒席，这算不算重要日子？

我得到的答案是否定的，因为酒席上人太多，那些菜汤汤水水的，把鞋弄脏了怎么办呢？

我在心里继续翻日历。中秋节刚过，过年可离得有点儿远，冬天都还没

到呢。那,只能等下个月了,因为下个月学校颁奖大会要颁发上学期班级前三名和三好学生的奖状奖品,我肯定是要上台的。想象着我穿着闪闪发光的新鞋子,一步一步"咔咔"走上台,腋下夹着奖状,手捧着奖品,全校老师和同学都能看到我枣红色的皮鞋,然后"哗哗"鼓掌,那我得多有面子!

我很快就把自己在脑海里描述无数遍的场景说给小利听,想提前得到点儿艳羡。可是小利满眼的怀疑:"你爸揍你都嫌不够,还能给你买新皮鞋?"

我就知道小利不会相信,所以趁我妈不在家,我掀开床单,拉出箱子,打开鞋盒,解开防潮纸,让小利亲眼看看。小利看完还用手摸了摸,装作内行的样子说:"皮子不错。"我满足地把防潮纸裹上鞋子准备放回去,发现鞋子的鞋带没了。我带着点儿惊慌一回头,一道身影闪过,是小肆。他眼里有几分惊慌,却装作没事人一样。

"是不是你拿了鞋带?"我没有大喊,也没有生气,我喜欢先礼后兵,"要是拿了赶紧给我,就什么事儿也没有。"

小肆微微低下了头,接着又仰了起来,说:"如果你答应把皮鞋让我穿一下,我就把鞋带给你。只穿一下!"

我懒得跟小肆计较,我是他哥哥,赢了他我也不光彩,万一输了——当然我不会输的,我说的是万一——我爸很快就会帮他赢回去。所以我点点头,大方地说:"没问题,不过要等我先穿过之后。"

小肆一见我点头,就兴奋地跑到里屋,从他的书包里拿出那两根鞋带,我仔仔细细穿回到鞋上。

等待颁奖大会的日子是我一天一天掰着指头熬过去的,我每天似乎都能听到鞋子在我妈的床底着急地"砰砰"乱跳。

可颁奖大会终于到来的那天,天公不作美,一大早就满天乌云,要下大雨的样子。我妈不肯让我穿新鞋去学校,说下雨了又是水又是泥的,会把新鞋穿坏了。我带着侥幸心理进行最后的努力:"天气预报没说有雨,也许不

会下呢。"

没想到一旁的奶奶说话了,她跟我妈三天两头吵架,这次竟罕见地站在我妈那边,说:"今天肯定要下雨,昨天我这手腕就疼了。几十年了,手腕一疼准下雨,比天气预报还准。"

连最疼我的奶奶都不帮我,我只好悻悻地带着一肚子的失望和落寞去学校,即将到来的颁奖大会让我觉得一点儿意思也没有。

这个机会错过了,后面只能再等过年,到时配上新衣服,走亲戚串邻居的,也能熠熠生辉。想想那一刻,盖过小利他们的风头,成为大家的焦点,那是肯定的。

我只能这么安慰自己,不然这中间好几个月的时间,让我怎么过呢?好在还有比我更着急的小肆。我有机会而不能穿新鞋,他显得比我更失落,因为说好的,我不穿第一次,他就别想尝鲜。

所以大年三十的那天早晨,小肆醒来的第一件事不是问我妈要他的新衣服,而是催着我赶紧穿新鞋。外面下了大雪,穿上新皮鞋"咯吱咯吱"这么一踩,每一脚下去就是一溜菱形小方框……我想着就乐,赶紧套上新衣,这会儿小肆已经跳下床帮我拿来了新皮鞋。

奇怪的是,第一只鞋我就感觉似乎穿不进去了。鞋带系得太紧?我松开鞋带,重新再试,冤枉鞋带了,的确是塞不进去。我有点慌了,脱下脚上的厚棉袜,这下勉强穿上了,可是脚在鞋里是弓着的,像只委屈的老鼠。

我焦急地叫来我妈,问她这是怎么回事,话里满是埋怨。这肯定怪她啊,好好的新皮鞋,总也不让穿,你看,热胀冷缩,鞋子变小了吧!

我妈试着把我的左脚也塞进了鞋子,让我站起来走走看。可哪里能走哇,光站着双脚就钻心地痛。我奶奶一直跟我说她小时候裹小脚的各种痛苦,在我想来,那痛也不过如此吧?

我妈见我满脸痛苦的表情,反倒笑了,说:"今年先长脚,明年该长个头了!这鞋你没法穿了,只能给弟弟穿。"

听我妈这么一说，我和小肆都愣住了。我们俩的愣不一样，小肆满脸都是意外惊喜，而我则是心疼、不甘、惊讶、惋惜……复杂难言。这下倒是一切都应验了，小肆的确是在我穿过之后才能穿这双新鞋，不同的是，他不是只穿一次，而是要一直穿下去，直到鞋子穿烂或者他也穿不下为止。

我坐在床上，惆怅地看着大年三十满地的大雪，这个年真是……我唯一的安慰是"今年先长脚，明年该长个头了"。虽然失去一双新鞋，但长高一些总是好事，这，算是我的新年礼物吧！

小黑店

巩高峰

天底下最好听的声音是什么？是我妈在厨房里正忙活着，突然探出头来朝我喊："酱油没了，快去'叽咕咚'家打一斤，等着下锅炒菜！"

你看啊，酱油是一块钱一斤，而我家的酱油瓶即使装得满满当当的，也不过八两。可是每次我妈把酱油瓶递给我的时候，都是顺手给我一张一块的钞票——嗯，她身上有八毛的可能性很小，也没法现折个角让一块变成八毛。所以，打一瓶酱油有两毛钱的油水可捞啊！

我妈也知道一块和八毛的秘密，所以她总会在我欢天喜地地冲出家门的时候补一句："你看着点儿，别让'叽咕咚'往里兑水！"

"叽咕咚"这名字一听就是外号，他大名叫纪国栋，五十多岁，他的食杂店里卖油盐酱醋糖这些鸡零狗碎的生活必需品。往叽咕咚家跑的路上，我心里的小算盘噼里啪啦就打开了。最近我看上小虎队的一盘磁带，小利已经有了，好听得要死。小利倒也愿意借给我听，可总不能整天借吧？不过这阵子我手头紧，如果靠一个月打一回酱油攒的那两毛钱，我估计小学毕业也不一定能买到手。

没别的办法可想，只能学叽咕咚，硬抠。我看着叽咕咚家的方向，忍不住笑了。叽咕咚的抠，早已冲出我们村走向全镇了——这人又高又瘦，所以他喜忧参半。喜的是瘦，这会让他饭量小，吃得少。而高就是忧了，因为做衣服费布。这可不是我笑话长辈，就说他家那食杂店吧，屋里永远黑咕隆咚，他不肯开灯，嫌费电。当然，另一个说法是：他为了给别人打酱油、醋和酒的时候，光线不好可以掩护他往里兑水。我最讨厌的是他家的屋里比外面低一截，像个坑，却又弄了一个又高又宽的青石条当门槛。我每次进屋，一下扑进黑暗里，感觉跟跳悬崖似的。问他为什么弄这么高的门槛，叭咕咚在黑暗里幽幽地说："你小孩子家家的知道什么！这地形聚财，水往低处流知道吧！"

说起叭咕咚抠门的事儿，那可够我坐在青石条门槛上说上半天的。挑一个我亲眼见过的吧。叭咕咚喝粥——桌上一碗玉米渣子粥，一小碟黄豆酱，大概几粒黄豆隐约可以数出来。他先顺着碗边儿呼噜呼噜喝上几大口

粥,停下来,夹一粒蘸着酱的黄豆,放嘴里咂巴两下,之后又夹回碟子里。然后又是喝一阵粥,再把那粒又蘸上酱的黄豆放回嘴里。几次三番,碗里的粥没了,他才夹着那粒黄豆,和着最后一口粥,嚼着咽了下去。他喝过粥的碗和筷子干净得根本不用洗。

叽咕咚对自己抠,别人顶多就当看笑话,可他对别人也抠,大家就有意见了。在他家买东西,就没有不被他克扣的。盐、糖从来都是连纸和包扎绳一起算重量卖的。酱油、醋、酒,一斤兑二两水,人尽皆知。就连去他那儿买盒火柴,里面也会被他抽出好几根来留着自家用。可是没办法,村里一共就两家食杂店,总不能锅里还炒着菜,穿过整个村去另一家买吧?再说了,用我爸的话说,天下乌鸦一般黑,无商不奸。

想了半天,我只能寄希望于把叽咕咚盯紧一点儿,好给自己留点儿机会。我小心翼翼地从门槛上扑进黑暗里,甜甜地叫了一声:"纪大爷,我妈让我打半斤酱油!"

叽咕咚在柜台里疑惑着"嗯"了一声:"打半斤?你家每次都是打八两的。"

我脸热了一下,估计红了,好在屋里黑,看不见。我淡定地说:"嗯,今天我妈说打五毛钱的先对付一阵。"

叽咕咚慢悠悠起身,接过我手里的酱油瓶,凑在眼前迎着外面的光线看了看,然后弯腰往角落里走。我慢慢适应了屋里的光线,看到柜台上放着一盒拆了一半的火柴,显然是叽咕咚又从每盒火柴里克扣了几根,于是我抓过来"嚓"的一声,点着了一根,讨好地说:"纪大爷,我给您照亮儿!"叽咕咚满脸都是恼怒:"这孩子,照什么亮啊,闭着眼我都不会弄错。你乱擦火柴,浪费,又不安全,这缸里可是好酒,着火了怎么办?"

我抿着嘴笑了。我不过就是提醒他,我在你身后看着呢,别使花招。叽咕咚在黑暗里熟稔地把漏勺准确插进酱油瓶中,拿起半斤的勺,在酱油缸里哗啦哗啦搅了几下,舀了一勺,灌进酱油瓶,发出汩汩的细碎声响。

我给了一块钱，叽咕咚找了我五毛。我把五毛钱折了三次，塞进裤兜里的小玻璃瓶，等这个瓶塞满了，小虎队的专辑也就到手了！

拎着半瓶子咣当的酱油，我一溜小跑回到家，先躲在厨房门外，用凉水慢慢往酱油瓶里灌。眼看着黑色酱油慢慢升高到瓶口，酱油已经明显稀了，颜色也由黑变红。

我妈接过酱油只端详一眼，就满脸怒色，说："这叽咕咚真是越来越不像话，这卖的是酱油还是水啊！"说完又冲我发火："他打酱油时你看没看着啊？"我心虚道："看着啊，我还擦了根火柴给他照亮呢。"

我妈越想越气不过，突然一摔锅铲，一手拎着酱油瓶，一手拽着我，去找叽咕咚算账。我一路磨磨蹭蹭，可还是没能拦住我妈，她最后几乎是揪着我来到叽咕咚家。我妈也没客气，开门就见山："他纪大爷，孩子来打酱油你也知道是谁家的，怎么能糊弄小孩呢？八两酱油得有三两水！"叽咕咚显然有点儿急了："我、我……没兑啊……"我妈可不管他，自顾自理直气壮下去："你不知道酱油兑多了水几天就坏啊？几毛钱倒是小事，到时一家人吃坏了肚子怎么办?!"

叽咕咚有点儿有口难辩的意思，竟然一伸手开了电灯，来到酱油缸旁，拿着三个勺子回身说："不瞒你说，这生人和外村的来打酱油——"他举起最小的勺子，"一斤我才兑一两水，咱们这一个村又邻里邻居的，我怎么可能蒙小孩呢！"

我妈见叽咕咚不承认，急了，几大步迈出门外，嗓门儿加大，嚷嚷道："你也知道邻里邻居的啊，叽咕咚，你这么干下去，可是开黑店啊！你自己都说过，兔子不吃窝边草，小孩来打酱油，你就敢使劲儿往里兑水啊！"

没多一会儿，就聚了一大群看热闹的邻居和路人。我躲在人群外，低头坐在门槛的青石条上，脸红耳热，胳肢窝也悄悄出汗。我不知道该怎么办，承认了吧，少不了挨顿打，不承认呢，这事闹下去不知道该怎么收场。

很快，叽咕咚的儿子纪连海来了。纪连海嫌他爸叽咕咚太抠门儿，觉得丢

流年·可是时光永不腐朽

脸,不肯在食杂店帮忙,还经常当着来买东西的人的面揭叽咕咚的短,说为了仨瓜俩枣缺斤短两最没意思。纪连海一声不吭,进屋就找了个干净瓶子,灌了满满一瓶酱油塞到我妈手里,意思是息事宁人。叽咕咚在旁边急了,叫嚷着:"我对天发誓今天我没兑水,打半斤酱油,我兑水的话谁看不出来?!"

"半斤?"我妈似乎反应过来了,忙从兜里掏出一块钱拍在叽咕咚手里,说:"我来不是想占你便宜,只是想要一斤好酱油。"说完连忙转身,一手拽起我,一手拎着酱油瓶,快步回家。

路上,我妈只扭头看了我一眼,我就全招了。

去年春节我回老家,听说叽咕咚已经去世了。他那间守了几十年的食杂店早拆了,原地盖了一栋两层小楼,二楼住人,一楼开了间超市。进去时,老板竟然是纪连海。他可能是看我面熟,满嘴生意人的腔调,招呼我说:"哟,好久没见你来买东西了,去哪儿发财了?"

当初死活不肯帮忙打理食杂店的纪连海,如今竟然子承父业,开了家全村规模最大的超市。我笑了,轻叹一声:"是啊,好久没来买东西了,有二十多年了吧。"

成人礼

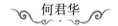

ᕗ 何君华 ᕕ

我跟在额吉身后，像套马手一样用力挥动手中的皮鞭，驱赶着羊羔胡和鲁向巴音诺尔苏木走去。

胡和鲁是最后一只羊羔了，但是今天我们必须把它卖掉。老师说了，我是三年级唯一一个还没有蒙文字典的人，明天要是还没有，我就不用去学校了。

我把书包往炕上一甩，鼓起嘴说道："我明天不去学校了。"

额吉吃惊地问我："怎么了？"

我气呼呼地说："还不是因为字典。你说多少次了给我买，可到现在我连字典的影子也没见着。老师说了，没有字典就不用去学校了。"

额吉叹口气说："我不是说，等你阿爸从旗里寄钱回来就买吗？"

"你总是说等阿爸寄钱回来，阿爸什么时候寄过钱回来？"我没好气地说，"现在全班人都有字典了，就我没有！"

额吉不说话，静静走了出去。

不一会儿，我听到一阵咩咩的叫声传来，出门一看，原来额吉把胡和鲁从羊圈里牵了出来。

"走吧。"额吉唤了我一声。我转身进屋，从墙上取下了皮鞭。

我们走到巴音诺尔苏木的时候,天已经完全黑了。只有宝力德的杂货店还点着灯。我不喜欢宝力德,但是只有他的店才卖蒙文字典。宝力德的店里只有蒙文字典一种书,却是整个苏木唯一卖书的店铺。

我们只好把胡和鲁赶进了宝力德的店里。

宝力德见额吉进来,阴阳怪气地说:"乌日娜,你不是又来赊账了吧?"

额吉不理宝力德的话,叫我把胡和鲁牵进来,然后指着胡和鲁问宝力德:"这只羔子值多少钱?"

宝力德走上前来瞧了一眼,眼皮也不抬地说:"才这么大点儿个东西,能值什么钱嘛。"

额吉不满地说:"不值什么钱也得有个价嘛。"

宝力德点燃一支烟,走到额吉跟前说:"乌日娜,你欠我的账,不打算赖掉吧?"

额吉没好气地说:"谁能赖你那几个臭钱,等那日松寄的钱一到,我一准儿还你。"

我靠在门板上,微弱的灯光在门板上一跳一跳,额吉和宝力德的影子也在门板上一跳一跳。

我看到宝力德的手重叠到了额吉的影子上。

我听见额吉轻声说了一句什么,宝力德也说了一句什么。

额吉再也没出声。

额吉站在那里一动不动。

宝力德的影子还在晃动着,我抬眼便看见了墙上挂着的各式待售刀具,整整一长排,有柴刀也有镰刀,还有菜刀。

我想,我该抓起一把柴刀,还是一把菜刀呢?

门板上的影子还在跳动,我依然靠在门板上,像额吉一样一动没动。

我感觉墙上的柴刀在叫唤我的名字,每一把柴刀都在叫唤我的名字:"乌力吉,乌力吉。"菜刀也在叫唤我的名字。

我感觉再不有所动作的话我的身体就会爆炸。我像一只狂怒的苍鹰一样朝空气里狠狠抓了一把,我感觉我抓起了一把柴刀。

我冲着那只手的影子重重地砍了一刀。

影子并没有被我砍断。影子还是影子,只是灯光重重地跳跃了一下。

宝力德显然感觉到了灯光的跳动。很快,他便看到了我手中的柴刀。

我双眼死盯着宝力德说:"宝力德,你的刀真锋利。"

"没管教的东西,宝力德也是你叫的,叫宝力德叔叔。"我听见额吉大声训斥我。

宝力德什么也没说,他用眼神劝止了额吉的训斥,弯下腰找出一本满是灰尘的蒙文字典,拍了拍,然后把它举起来试图递给我。我没有接,他只好把它递给了额吉。

额吉把字典揣进了怀里。

临走的时候,我回头对宝力德说:"宝力德叔叔,你等着,我迟早要来买你的刀。"

那一晚,我拿到了我做梦都想要的字典,我也失去了我最心爱的胡和鲁。相比温顺的胡和鲁,像砖头一样又冷又厚的字典我一点儿也不喜欢。

那一年我九岁,阿爸一年前去了达日罕旗,从此再也没有回来。

桥边的老人

何君华

如果赶不上清溟桥头的渡船，我们就不得不步行十几里山路去镇上上学，这显然不是我们想要的结果。我们总是早早备好书包、大米和够一个星期吃的腌菜，坐在大同水库岸边等渡船到来。

开渡船的驾船佬总是最后一个来。仿佛知道我们无论等多久都会继续等下去似的，驾船佬总是慢悠悠地把船锚抛上岸，眯缝着眼睛看我们这帮学

生娃争先恐后地往船上挤，还不忘大声斥责："莫挤莫挤，淹死你们这帮急性鬼！"所有人都不理会驾船佬的训斥，还是像一群急不可耐的蝌蚪一样往上蹿。

驾船佬的船是杉木做的，吱吱呀呀，也不知道用了多少年，看起来随时都要散架。但只要我们质疑起来，或建议他打一条新船时，驾船佬总是说："这船没问题，肯定能坐人，保证淹不死你。"偌大的大同水库偏偏只有他这一条渡船，我们只能硬着头皮跳进他的船舱。

等所有人都坐定了，驾船佬却丝毫没有要开船的意思。有人坐不住了，催促道："怎么还不开，莫非等酒喝？""等酒喝"是乡里骂人的俗话，指一个人慢性子、怠惰，一般只有长辈对晚辈说。有学生娃胆敢这样没大没小地骂他，驾船佬却并不生气，照样坐在船头一动不动。原来，驾船佬是在等迟来的学生，想多赚几块渡费。

还真有不着急的"吊死鬼"（"吊"与"掉"同音，指凡事掉在后面、不着急不抢先的人）慢悠悠地从山路上下来。整整一下午驾船佬都不着急，这时候反倒着急起来，大声朝山上喊道："吊死鬼，还不赶快！"听了驾船佬一声吼，几个吊死鬼才快步跑起来。

"嘟嘟嘟……"驾船佬摇响柴油机，船终于开动了。船头劈开波浪，像一条巨大的青鱼，向下游的大同镇开去。

每个星期天的下午我都会准时去清溪桥头等渡船，但是有一次，我也当了吊死鬼。那是一个秋日的上午，我在池塘里帮爷爷挖藕，不小心弄湿了校服，奶奶非要等校服晒干才肯让我穿上去上学，也许是别的什么原因，我已经不记得了。总之那个星期天的下午我迟到了，我在狭窄的乡村公路上疯狂地奔跑着，风呼呼地从我耳边吹过，我感觉肯定赶不上渡船了，不得不一次次地加快步伐。等跑过了三个山头，清溪桥头终于在眼前出现时，让我欣喜不已的是，渡船竟还等在那里！

"吊死鬼，就等你了，还不赶快！"驾船佬照例远远地吼了一句。我连忙

欢快地朝他跑去。

直到这时我才恍然明白,这个驾船佬嘴上不饶人,心地倒是挺善良——他之所以每次都不肯早早开船,根本就不是为了多赚几个渡费,而是要等所有的学生娃都到齐了才行。驾船佬是那么精明的人,周围几个村子有多少娃在镇上上学他心里能不清楚吗?他要是把船开走了,学生们该怎么去上学呢?

这个驾船佬!

我们支付的那几毛钱渡费怕是还不够渡船烧柴油的钱。这是很多年后,在驾船佬的葬礼上,他的儿子偶然跟我说的。他曾想把父亲接到城里去,他父亲死活不肯,说:"当年你不也是这样坐渡船到镇上去上学的吗,我若走了,谁来渡娃儿们去上学呢?"

现在,村里到镇上早已修起了水泥路,人们到镇上再也不用坐渡船,大同水库也开发成了旅游景点,连名字也改了,叫仙人湖。过年回家的时候,一个人坐在清溪桥岸边,望着夕阳洒满金色的仙人湖,我还是会想起驾船佬。

手电筒

袁省梅
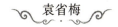

当夜晚把黑袍子"哗"地抖开,罩在羊凹岭的头顶时,鸡安静了,猪安静了,牛羊马也安静了,鸟儿蜂儿蝶儿都安静了,只有打麦场角的那丛蜀葵没有安静,场外的玉米花生芝麻红薯没有安静。月圆之夜,打麦场上乘凉的人们都回去了,牛眼大岭他们也都回去了。你听,连那些花儿草儿庄稼棵子红薯蔓子说笑打闹的声音都能听见。它们掩在虫子青蛙叽叽嘎嘎的声音下,喊喊喳喳,喊喊喳喳,一刻不停。你的听力若是很好,说不定还能听到蜀葵的歌声玉米的喷嚏声月光的流淌声呢。

可是,现在,你听不到夜晚的声音。

现在,牛眼大岭他们在场上玩呢。

牛眼说:"都关了手电。"

牛眼说:"统一听我口令,我说开时开,我说关时,都给我关了。今天晚上,手电筒就是我们的枪我们的手,我们要跟天空作战跟星星作战,空中的每一样东西都是我们的敌人,我们不能放过一个敌人。你们,明白了吗?"

牛眼的爸爸是队长,说起话来一套一套的,牛眼说起话来比他爸还要一套一套的。

骆驼地瓜小屁们说:"好。"

牛眼说："统一行动听指挥,开!"

牛眼的一声令下,朦胧的夜空中倏地长出了几根白亮的柱子,长长的柱子如长长的手臂伸向月亮伸向星星。牛眼说："杀掉天河!"

长的手臂就伸到了天河。嚓,嚓嚓嚓。

牛眼说："击垮北斗!"

长的手臂就在北斗星下撕扯。嚓嚓嚓嚓。

他们又把手电伸向场边的钻天杨。钻天杨上有个鸟窝。牛眼说："赶走喜鹊!"

手电筒的亮光嗖嗖地射向喜鹊窝。喜鹊受到了惊吓,"嘎嘎"叫着,扑棱棱飞跑了。牛眼哈哈大笑。骆驼地瓜们也哈哈大笑。一直跟在他们身后的大岭也哈哈大笑。

牛眼把手电照到大岭的脸上,说："你的手电筒呢?"

大岭的头倏地耷拉了。

大岭家没有手电筒。大岭爸妈死得早,大岭家的煤油灯也不能天天点。

牛眼说:"你没有手电筒,就当'马'吧。"

他们要玩跨马游戏。

大岭说:"行,那我玩一下你的手电。"

牛眼说:"玩完给你玩。"

大岭说:"一个手电玩一下。"

牛眼说:"行。"

大岭就爬到了地上,做起了"马"。跨马游戏的"马"从最初的趴下到蹲下,到弯腰,随着游戏的进展和跨马者跨跳的程度,一点点增高。以前,牛眼他们玩这个游戏,都是先玩石头剪子布,输家做马。可今晚大岭没有手电筒,做了一晚上"马"。牛眼他们一个个从他的背上跑步跨过。牛眼骆驼地瓜小屁他们玩了半晚上的跨马游戏,都是大岭当"马"。

夜深了,大人们都回去了,牛眼他们也玩累了,不想玩了。大岭就要牛眼的手电筒玩。牛眼刚把手电筒给大岭,牛眼他爸远远地喊他回家,骂他:"都啥时候了,还拿着手电筒玩!想挨揍是不是。"

牛眼抢过手电筒倏地跑了。

骆驼地瓜也握着手电筒跑没影了。

场上,就剩大岭一个人了。月光照到大岭的脸上,看上去既忧伤又孤独。四野俱寂,虫声蛙声铺天盖地。

大凤来找大岭,拉着大岭的手叫大岭回去。大岭甩掉姐姐的手,跑到了黑暗中。

那年冬天,大凤嫁给了牛眼的大哥。媒人问彩礼时,大凤说:"给我个手电筒。"

媒人为难地说:"娶媳妇不容易,手电筒,他家有,旧是旧了点儿,但还能用,过了门就给你使唤。"

大凤不依。大凤说:"旧的也行。"

大凤要把手电筒留给大岭。

大岭却不要。大岭眨巴着眼说："那是姐的彩礼，我不要。"

大凤哭了。大凤说："赶明年，姐给人纳鞋底纺棉花，攒下钱了，给你买新的。"

大凤想，大岭是嫌手电筒是旧的。

大岭没说话。大岭心说："我要自己挣钱买手电筒，能装三节电池的那种。"

大岭仰望着高远的天空，眼睛一眨也不眨。

秋过了，冬过了，一直到第二年的春天都要过了，大岭也没攒够买手电筒的钱。1979年的手电筒，三块七毛钱。大岭卖知了壳、树籽草籽的钱，眼看着快攒够了，就被奶奶要走了。奶奶说："大岭啊，盐罐子空了，你到二婶家借把盐去。"

大岭就咬牙从炕席子下数出一毛五，买了盐。过了几天，奶奶又说："大岭啊，给你和你爷做鞋没有鞋面子布了，找你五嫂子借两块钱扯布。"

大岭不愿借人家东西。怎么办？大岭只好把买手电筒的钱拿了出去。

夏夜的巷子又热闹了。

牛眼他们已经不玩手电筒了。这些小子长大了。他们聚在打麦场上，学着卷烟抽烟摔扑克。玩累了，就躺在麦草上，天南海北地乱扯。

地瓜考上了高中，他说开学了要到县里上高中。

牛眼说："好好学，考大学。"

骆驼说："以后当官了，可别忘了咱兄弟。"

地瓜说："苟富贵，勿相忘……"

他们说得热烈，兴奋。未来，对他们来说，新鲜，神秘，有趣。

牛眼问大岭："你呢？"

大岭望着黑深的夜空，说："我想当矿工下煤窑，我要挣钱养我爷奶。"

大岭没说当上了矿工就会领一盏探照灯。大岭想，探照灯要比手电筒亮多了。

最香的一个冬夜

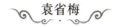

袁省梅

七岁那年那个冬夜的煮羊肉香，一直都生长在我的记忆里，蛰伏如兽，只要说起最好吃的东西，或者嗅到一丝的羊肉香，它就会乘云驾雾，呼啸而来。

那时，我喜欢绒线花，也喜欢夜来香。它们散发着粉红金黄的香味，浓郁又香甜，夏天的一早一晚，在我家土院子的角角落落蜂般嘤嘤嗡嗡，缠缠绕绕，惹得猪圈里的黑猪、炕头的花猫都不能老实待着，吭哧吭哧地四处趸摸，好像妈妈把什么好吃的东西藏了起来。妈妈最喜欢藏东西了。有一年快过年时，妈妈把炸好的麻花装到柳条筐，把柳条筐藏在东屋的房梁上。有着狗鼻子的小哥找到了，偷了一根麻花，要放回筐时，没放好，咔嚓一声，过年待客、走亲戚的麻花摔得粉碎……

那些花虽然香，却只能嗅，不能吃，就是你大口地吞咽了，肚子该咕噜时还是寅时不等卯时。也有能吃的花，比如槐花、榆钱，可是，冬天里，到哪儿找它们呢？后来看到有人把肥壮的南瓜花炸了吃，就可惜我家院子的南瓜花都让蜜蜂蝴蝶和日头风雨这些东西给吃了。话说回来，就是吃，它能有羊肉好吃？

还是羊肉好吃。

天擦黑时,三叔把风火炉子泥好了,火也烧旺了,黑铁锅里添了大半锅水,羊肉羊蹄子羊杂碎一块块都放了进去。羊是三叔在岭上养的。三叔在岭上看守大队的石场。锅开了,肉香味在风中扭怩着跑来了,先是轻轻怯怯的样子,试探般,给三叔一点儿,给奶奶一点儿,给我和小哥一点儿,给黑猪和花猫一点儿。接着,就浓厚了,密集了,熟稔了一样,可着土院子四处跑。羊肉香在院子里波涛般荡漾起来后,奶奶脸上出现了少有的柔和,妈妈每天晚上点灯后发出的叹息也不见了,眼眉上所有的难心和烦恼,好像都跟着那一锅的羊肉,煮化了,飘散了。

三叔说:"黑咧,星星都出全咧。"

一抬头,果然看见了满天的星星,既干净又清冽,在我的头顶,挤成疙瘩了。它们,肯定是嗅到了羊肉香,跑过来的吧。

三叔说:"你们先睡,熟咧,唤你们。"

我不愿意,小哥也不愿意。

可是,院子太冷了。小哥说:"我回去暖一下。"

我们就回到屋里,挤到炕头,趴在窗户上看。窗格子上糊着白麻纸,隐隐地,只看见了炉里的火,红红的一团。还有一个小红点,一闪一闪的,是三叔的烟锅子。锅里的肉看不见了。

"羊肉的香呢?"小哥说,"香味跟着我们进来了。"

耸起鼻子一嗅,果然是。我和小哥趴在被窝里,都不舍得睡去。可我们的头一挨到枕头上,眼皮子就打起架了。我们就把枕头抱在胸前,扔到一边。

嗅着溜进来的羊肉香,我说要吃一碗肉喝两碗羊汤。小哥说他要吃两碗肉喝三碗羊汤。

我说:"那不行,你吃两碗肉我也吃两碗,你喝三碗羊汤我也喝三碗。"

小哥说:"你能吃得了?你个小女子娃。"

我说:"你管呢你管呢。"

吵着，我就用枕头砸小哥，小哥也用枕头砸我。我们把羊肉的香味搅腾得浓一道淡一道。

奶奶说："有你们吃的呢，快睡吧。"

三叔也在院子喊："再闹，骨头也不叫你们啃。"

睁开眼睛时，是早上了。想起昨晚我和小哥是裹在羊肉香里睡的，我就赖在被窝里眯着眼，使劲地嗅羊肉香，可是，一丝羊肉香也闻不到了。那些浓浓淡淡的香味，粉红淡白的香味，好像只是梦里的。

"哇——"小哥的号哭将我吵醒。

肉没了。锅里一块肉也没了。肉汤也没了。黑铁锅里只留下白腻腻的一圈油，像睁眼的一瞬间留在唇边的一抹笑。寒风在锅里转圈圈。我的目光伸出舌头，使劲地在那圈油上舔，心却委屈得被泪水淹没了。

"肉呢?"

三叔不说话，他蹲在炉子前，头夹在膝盖间，肩膀风中的树枝般抖，两脚间黑湿了一个点，又黑湿了一点。好久，三叔才抬起头，把手伸给小哥，只剩这个了。

三叔的手心里躺着四枚羊骨头，我们叫它"羊拐"。我们喜欢在青石板上玩羊拐。

三叔说："羊拐上还有点肉，要不，叔给你煮碗羊汤吧。"

三叔真的用四个羊拐煮了一碗羊汤。羊汤上漂着白的葱、绿的香菜，香极了。

三叔问："好喝不?"

三叔又说："要不，泡点馍?"

三叔说一句话，就吧唧一下嘴，喉咙里就迅速咕噜一下，很响亮，很兴奋，好像那羊汤是他喝了。

我笑了，从碗沿上看着三叔。

三叔看着我和小哥说："明年冬里，叔一定让你们好好吃一顿羊肉。"

"明年冬天能喝到羊汤吃到羊肉？"奶奶撇着嘴。

妈妈去抓柴烧炕，也停下了脚，看着三叔，看着我和小哥，扁扁嘴，没说话。

我没有问三叔。我也没有问那锅羊肉的下落。多少年来，我一直没有问过三叔。也许，我是害怕答案会冲掉那个冬夜留给我的大把大把的香。

我只记得当时非常相信三叔的话，看着三叔，我点点头，说："嗯。"

黍地里的秘密

修祥明

秋日，熟透的黍穗坠弯了秸秆，每棵黍子就像一个披着金发的姑娘一样。

黍子脱粒后，叫黄米，将黄米碾成细面后，可以做黏黏的、香香的、甜甜的年糕。黄米还可以做老酒，用黄米做成的老酒浓郁醇厚，香气扑鼻。

黍穗里那黄黄的米粒是鸟们喜欢吃的食物。自黍穗第一天发出成熟的香味起，从早晨到天黑，鸟们成群结队地飞落到黍穗上来啄米吃，多的时候，像黑云般压下来，秸秆、叶子和穗子被它们压得啪啦啦作响，如同雨点敲打着黍地。

顺子在学校里是三好学生,在家里是个好孩子,他走到哪里就把文明礼貌带到哪里,老师同学们喜欢他,村里的人也喜欢他。

暑假的时候,见鸟们一群群飞来啄食金黄的黍穗,顺子心疼极了。"锄禾日当午,汗滴禾下土。谁知盘中餐,粒粒皆辛苦。"这首古诗,顺子背得滚瓜烂熟。他自告奋勇地看起了村北的这片黍地。邻居的爷爷、伯伯和叔叔要给他报酬,顺子怎么也不收,他说:"看黍地,不耽误拾草剜菜。"

聪明的顺子找来许多向日葵的秆儿,在黍地的正中和四周钉了一个个"十字架",把他和爸爸妈妈穿旧的褂子挂在上面,然后扣上一顶草帽,远远看去,像一个个人立在黍地里。

鸟们见黍地里站了许多人,馋得叽叽喳喳地叫着,从黍地上空一阵阵飞过,却不敢落脚。

在黍地旁拾草的顺子就乐得合不拢嘴。他心里说:"鸟们,这些假人是不会打你们的,它们只不过在这里吓唬你们,你们到别处找虫子吃吧,除害虫去吧。"

顺子知道,鸟是人类的朋友,是大自然的使者,鸟像美丽的花朵一样点缀着自然。世界上如果没有鸟,那才单调呢!

顺子不仅爱鸟,他还爱其他动物,尤其喜欢狗。狗是忠诚的动物,顺子希望自己做一个忠诚的人,因此他养了一只全身黑毛的狗。

这只黑狗是顺子从小把它喂养大的,这狗果然对顺子百般忠诚。顺子走到哪里,狗跟到哪里。顺子叫它跑,它就跑;叫它停,它就停。只要看见兔子,顺子一个手势,狗就一溜烟儿奔过去,十有八九会把兔子逮住。狗还通人性,顺子高兴的时候,它也高兴地撒欢儿,或用头往顺子的怀里拱,像是拥抱似的;顺子烦恼的时候,狗就趴在他的身旁,用舌头舔他的手,似要把他心中的烦恼舔去。

当然,顺子对狗也疼爱无比。吃菜吃出块肉,他舍不得吃,让狗来吃。村中谁家杀了猪和牛,顺子去买几斤骨头回家,煮熟了,把挂着一嘟噜一嘟噜肉的骨头捞到狗跟前,自己端着碗喝汤。如果狗病了,顺子给它推拿按摩,用温开水泡药片给它喝,打退烧针。过河的时候,他把狗驮在脖子上,宁肯自己湿半截裤腿,也不叫狗身上的一根毛湿了。

村里人说:"顺子待这狗像亲弟弟。"

顺子说:"比弟弟还亲。"

是的,有谁对弟弟像顺子对狗这样疼爱着呢!

现在,狗每天跟在顺子的身后,一同看着黍地。这一天,黍地中央的那个假人的草帽叫风吹落了,顺子走过来,拾起草帽重新扣在上面。

跟进来的狗惊喜地叫了一声,猛地向前扑去。

顺子走到狗跟前,脸立刻吓得煞白,他呵斥急急搔着前爪的狗说:"狗,你敢! 出去,出去!"

狗看着顺子,极不情愿地被顺子赶出黍地。走出黍地,狗还是瞅着黍地的深处,急得呜呜地叫着,那双眼睛像燃起火苗似的。

顺子跺跺脚说:"狗,你敢! 你进去,我再也不理你了!"狗就在黍地旁趴下来,摇头摆尾地哼哼着,一副焦急的样子。

从这时起,顺子把狗紧紧地看在身边,不让它往黍地里跑。

有一遭,趁顺子不注意,狗已经把半截身子钻进黍地。

顺子又惊又吓又气,训斥狗说:"狗,你再往里进,我……杀了你!"

狗伸着红红的舌头走到顺子身前,急红的双眼像烧着两把火,四只爪子不停地刨着地面。

顺子看到狗要急疯似的模样,把狗唤回家里,说:"狗,你不听话,我不领你上坡了,你在家里趴着吧。"

狗还是着急地向门外望,用一副乞求的神情看着顺子,样子怪可怜的。

顺子心疼地抚摩着狗——他觉得狗身上的血像沸腾了似的。

顺子害怕了,只好把狗用铁链锁住,然后拍着狗脊梁说:"不是俺顺子心狠,那玩意儿动不得,你受几天委屈吧。谁叫俺遇上了呢。"

每日,顺子一个人来到黍地旁拾草,看着黍地。有时候,瞅准没有人,顺子悄悄地钻到黍地里,待一会儿,满脸笑容走出黍地,那高兴的样子像第一次被评上"三好学生"那般眉开眼笑。

半月后,一个没有风的温暖的早晨,五只小鸟从黍地里扑棱着翅膀飞向蓝天,欢快的叫声又脆又响亮。

顺子的目光像风筝线一样,被小鸟的身影扯远了……

等小鸟的影子不见了,顺子拍拍大腿,一蹦一跳地跑回家给狗松了绑,说:"狗,狗,你出去撒欢吧,憋着你,俺的心也难受呢。"

狗以逮兔子的速度飞奔到黍地里——狗看到的只是草窝里的一堆破开的蛋壳。狗失望地伸着舌头。

顺子抚摩着狗耳说:"今日我割肉犒劳你,狗,你是我的朋友,鸟也是我的朋友。"

顺子把目光瞅向远处的蓝天,目光竟湿乎乎的了。

祥祥的明天

符浩勇

夕阳映红了西天,放学后的校园显得格外清静,三年级的祥祥最后一个走了出来。

一个星期前,一家房地产公司老总和乡小学张校长商定,六一儿童节那天,选择有代表性的二十名学生,送到深圳去,到他们父母打工的城市让他们家庭团圆。

祥祥被选上了。他是个品学兼优的好学生,还是班里的学习委员。他妈妈是个弱智的女人,爷爷已经七十多岁。爸爸为了这个家,一直在深圳打工,已经有差不多一年没回来了……在家里,祥祥是个勤快懂事的好孩子,小小年纪,就已经能做许多事情了。

当祥祥知道自己被选上时,第一个想法就是:"太好了,不用等爸爸从深圳回来,我就可以见到爸爸了!"

祥祥记得,爸爸是去年秋天,自己刚升入三年级的时候,跟邻村的旺顺叔叔一起去打工的。过年的时候,旺顺叔叔回来了,可是爸爸却没有回来。爸爸只让旺顺叔叔带回两千元钱。

今天,已经是5月30日了,刚才张校长把祥祥喊到办公室,因为他和去深圳探亲的其他十九个孩子的家长全都联系上了,唯独祥祥的爸爸杨胡庆还没有下落。祥祥提供的只是爸爸打工工地的地址,没有联系电话。而这是一次有组织的探亲活动,不是单纯地带孩子出去旅游。既然是探亲,那就首先得跟他们的亲人取得联系,让他们在六一那天,到深圳一家已经预订了的酒店去等,等他们从老家赶过去团圆的儿女们。

爸爸没读过书,不识字,没有给家里写过信。爸爸舍不得花钱,又没有手机,去深圳一年了,只在除夕夜那晚打过一次电话回来,还是在公共电话亭里打的。

除夕那天,爸爸把电话打到乡小卖部,祥祥去接了。

"祥祥,我是爸爸。"

祥祥听到爸爸熟悉的声音,突然想哭:"爸爸,人家的爸爸都回来过年了,你为什么不回来啊?"

爸爸说:"现在是春运,车票都涨价了,回去一趟的花费差不多够你一学期的学费呢。再说,工地上虽然放了年假,可我留下来看材料,照样还能挣几个钱。告诉爷爷收到钱后别省,多买些肉,照顾好你妈,别想我,你们在家过好年,我也就高兴了。"

祥祥一下子就原谅了爸爸，但走出小卖部，眼泪还是从眼里流了出来。

从那以后，祥祥在学校里更加刻苦，在家里更勤快更懂事。可是，爸爸的嘱咐他没有全部做到。他不可能不想爸爸。爸爸都走了大半年了，怎能不想他呢？祥祥记下了爸爸打工的那个地址。

张校长很严肃地说："祥祥同学，放学回家后，你必须把你爸爸现在的联系电话打听清楚，明天一早上学时告诉我，不然，这次活动你也许真的就不能参加了……"祥祥一听，差一点儿在张校长的面前掉泪。一出校长办公室，他就飞快地往家跑。

可是妈妈不知道祥祥的心事，妈妈端起稀饭香喷喷地喝着，同时还像吃奶的孩子一样，把那些糊糊弄得满脸都是。祥祥找来毛巾，帮妈妈擦脸。妈妈很听话，抬起脸，任凭祥祥擦，擦干净了，就朝祥祥笑，傻乎乎地笑。祥祥想，妈妈要是一个正常的妈妈就好了。妈妈要是和别人家的妈妈一样，时常和爸爸保持联系，就好了。

可是年迈的爷爷知道祥祥伤心了。祥祥一边抽泣着，一边断断续续地把事情的原委说了出来。爷爷听罢倒有了主意，一把拉住祥祥的手说："祥祥，跟爷爷走，去找你云英婶婶问问去！"

爷爷在路上说："当初你爸是跟旺顺一起去深圳打工的，听说旺顺买了一部小灵通，每月有事无事都往家打一次的！旺顺又和你爸在一起，云英肯定知道你爸的下落。"

其实，事实和爷爷想象的完全一样：几天前，云英婶婶刚刚接到丈夫旺顺从深圳打来的电话，旺顺对云英说，原先的那个工程已经结束了，现在跟庆来又找到一份新的工作了。旺顺还让云英记下了他的小灵通号码，家里有事就联系他。

可是，云英是绝对不可能说实话的，云英对找上门来的祖孙俩说："旺顺已经两个月没有音信了，我不知道他在哪里，更不知道他是不是和庆来在一起……"云英之所以昧着良心说假话，是因为周周。周周是云英和旺顺的

儿子。

周周十三岁了,也在乡小学上四年级,成绩既不好,在校表现又很差,再加上旺顺过年时回来过,所以没被选上参加这次活动。这让云英的心里又气又嫉妒又担心。气的是周周,嫉妒的是祥祥,担心的是丈夫旺顺。一旦祥祥到了深圳,见了庆来,旺顺的心情一定会和自己一样很难受。现在幸好祥祥跟庆来联系不上,祥祥跟周周都一样,都去不成深圳了。这让云英的心里好受了许多。

夜已经很深了,祥祥躺在床上翻来覆去地闭不上眼。不可能去深圳了,因为明天他不可能向张校长提供爸爸的联系电话,除非奇迹出现。祥祥忽然眼前一亮:上一次,也就是年前,爸爸唯一那次打电话,不就是在祥祥最需要、最想念他的时候吗?祥祥终于躺不住了。他起身出了门,朝着乡小学小卖部走去。

可是乡小学小卖部早已打烊了。他就在门前蹲了下来。他想,一旦里面有电话响,说不定就是爸爸打来的。可是,他把耳朵竖酸了,却只听到了乡小学后边那片田野里咕咕呱呱的蛙鸣声。

终于,祥祥睡着了,还做了一个梦:他梦见自己穿着崭新的衣服,坐上了开往深圳的大巴车,到了一个富丽堂皇的大厅,大厅的中间站着爸爸,正焦急地等着他⋯⋯

远逝的牛犄角

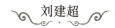
刘建超

我十岁那年，队里的水牛死了。

饲养员陆大爷，坐在磨盘上吧嗒吧嗒地抽着水烟。孩子们高兴，我也高兴，可以喝到牛肉汤了，家家户户都在准备着碗筷，孩子们都把家里最大的碗捧手里了。

剥水牛的活儿在场院里干，操刀的屠夫是王二蛋他爸爸，王二蛋爸爸天天骑着辆破烂自行车，车把上系着一个红布条，走街串巷给人家阉猪。二蛋的爸爸很神气，对旁边帮忙的人吆来喝去还捎带着骂，对小媳妇儿老婆子们开着荤骚的玩笑。女人们回敬的话语更恶毒，场院里过年一般热闹。

炉灶垒好，大铁锅里的水咕嘟咕嘟地翻滚着。牛肉被切成几大块，放进锅里，合严木锅盖，熬汤。剔下来的牛骨头和牛皮，要卖到供销社的废品收购站。我就跟着卖废品的青年一起去了废品站，青年嫌我走得慢，耽误了喝牛肉汤，就把我放在车上拉着，颠簸的土路把我的屁股都磨破了。

那是一场声势浩大的喝汤运动。队长敲响了一截铁轨钟："喝汤了，喝汤了！"

男女老少几百口人，端着碗排着队。会计给每个人的碗里放葱花，妇女队长给碗里放几片牛肉。队长挽着袖子，操着一只铁皮大勺子，把一只只递

过来的碗盛得满满当当。

"喝,使劲喝,管够啊。"

那一夜,家家户户都打着饱嗝儿,呼气中泛着牛肉味儿。

三五天过去,少油寡水的肚子就又想牛肉汤了。越是想那天喝牛肉汤的过瘾场面,越是觉得肚子里有个馋虫在爬在叫。我忽然灵机一动,那天去废品站卖牛骨头,好像看到一只水牛的犄角,另一只牛犄角哪里去了?这个问题让我兴奋了,这牛的犄角在摔下山坡时就掉了,没有被人发现。

放学的钟声一响,我就兔子般地蹿出去,撒开腿往队里那块山坡地跑。我沿着水牛走过的路线,仔细跟踪到了它摔下的坡边。坡很陡,有三四十米深。我先绕道坡下,在沟底的乱草丛里寻找了好几遍,没有牛犄角的踪影。我顾不上手脚被划破,从坡地往坡上艰难地攀爬。在一条石缝之间,我终于看到了那只牛犄角。一定是水牛在滚落的时候,一只犄角正好卡到了石头缝中间,牛犄角给掰断了。我拔出牛犄角,像是挖到了人参,像是捡到了大元宝,冲着夕阳嗷嗷地大喊。我把牛犄角藏在一处草丛里,准备星期天去供销社把牛犄角卖了。

第二天就是星期天，阳光灿烂。吃过晌午饭，我把布袋塞在书包里，绕过村子，就往山坡上跑。我在草丛中找出那只牛犄角，装在袋子里，抱在怀里往供销社走。一路上，我把自己会唱的歌都唱了一遍，那只牛犄角肯定从来没有听到过这么多的歌。

我走进供销社，对着一个梳着长辫子的阿姨说："我要卖废品。"

阿姨问："你卖什么废品啊？"

我打开袋子，说："水牛犄角。"

阿姨指着里面说："到那个院子里去过秤。"

我走到堆放废品的院子里，看秤的是一个大胡子叔叔。他把牛犄角往秤上一扔，给我一张小票，说去柜台找阿姨拿钱。我小心地接过那张白票，清楚地看到上面写着一毛。一毛钱啊，对我来说已经是很大一笔钱了。

我拿着小票又回到长辫子阿姨跟前，阿姨接过票看了一眼，然后从抽屉里拿出一元钱放在了柜台上。

我吃了一惊，给了我一元钱？是不是给我的？是不是没有一毛钱要让我找开啊？是不是考验我？

我的手放在柜台上，离那红红的一元钱有短短的距离。我不知道该怎么办。

阿姨看看我说："小孩子，你的钱，拿走。"

我把钱攥在了手里，心扑通扑通地跳。我不敢转身就走，万一阿姨发现给错了怎么办？我慢慢转身，耳朵时刻准备着听阿姨唤我的声音。背后没有声音，可是我的背后如同有针在刺，麻酥酥热辣辣的。我不敢走出供销社的屋子，怕人家再追我，会把我关起来。我就假装在柜台前看东西，布匹、锅碗、盆罐、耙子、镰刀、饼干糖果、书本、鞭炮，我几乎把所有的东西都看过了。我还在磨蹭，又很认真地蹲下身子仔细看标签上的价钱。就连平日里看看就能流口水的饼干，我也对它毫无兴趣，我不时地用眼光扫描那个长辫子阿姨。

阿姨似乎没有注意我,她招呼着来买东西的顾客,没有顾客时,她就和另一个短头发的阿姨说说笑笑。

我不知道在供销社里待了多长时间,直到那个长辫子阿姨对我喊:"小孩儿,都快下班了,还不回家吃饭,快走吧。"

我如同得到了特赦令,转身就跑。

一块钱啊,天啊,一块钱。我把钱捏在手心里,一路跑啊,手心里攥着的钱都被汗水浸湿了。一毛钱,我敢花掉;一块钱,我不敢花。

远远看到家里的土屋了,我发疯似的喊着:"妈妈,妈妈——"

我的声音肯定与往常不一样,正端着盆子洗菜的妈妈以为出了什么事,丢下盆子就往屋外跑。

我上气不接下气地说:"妈,钱,一块钱,卖牛犄角。"

妈妈听完了我的叙述,拍拍我的肩膀说:"孩子,你多拿了钱,那个阿姨就会短钱了,那个阿姨是要自己掏钱补给公家的。"

妈妈擦擦手,解下围裙,说:"你先吃饭吧。妈把钱给人家送回去。"

我不知道妈妈什么时候回来的,我太疲惫,睡着了。

外婆的压岁钱

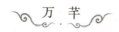

万 芊

过年时,弟陪妈回了一次陈墩镇老家。

回城后,弟跟我说:"这次回老家收获特大,带回了一沓外婆给的压岁钱。"

一季 这春

佳又

我说："弟，你别胡说，外婆过世都十多年了，哪来压岁钱？！"

弟说："真的，哥，不骗你，是外婆的压岁钱，宝贝呢！"

我问妈。妈说："是的，在你大舅、大姨那里找到的。"

妈原原本本讲了外婆压岁钱的那些旧事。

下面是我妈的话——

我妈共生了我们兄妹七人。我爹原先在上海靠教画画卖画赚钱养家。我九岁那年，我爹得肺痨过世了。我爹过世后，我妈就靠变卖不多的家当和在镇上南货店帮人做事赚些钱。钱不多，妈常为吃穿发愁。

我妈挺能干，我们兄妹的衣服大都是我妈用我爹的旧衣改的，一件长褂常常改了又改、补了又补，大的穿了小的再穿。我爹原先在上海是要出入一些体面场所的，虽说衣服旧些，可料子挺好，再加上我妈的巧手这么一拾掇，穿在我们兄妹身上，一个个显得清清爽爽，还带些洋气。

只是我妈再能干也变不出米面来，我们兄妹都在长身子，家里不多的米面煮成稀粥面糊糊，还是难以填饱肚子。我妈常常带着我们去乡下挖野菜、捞野菱、采野果，掺在稀粥面糊糊里匀着吃，她自己干脆饿着肚皮睡觉。后来，我大哥学医终于出师了，开始在乡下给人治疮疖，赚些小钱贴补家用。妈稍稍缓了口气，但还是常常发愁。

我妈喜欢读书，我妈说话与人不同，她常跟我们说"与人讲话，看人面色，意不相投，不须强说"，后来我们知道，其实是书上的话。受我妈影响，我们兄妹都喜欢读书，在学校里，成绩都挺好。我妈过日子其实挺讲究，家境虽困窘，也从不让男孩子在人前赤膊、女孩子在人前赤脚。一年中每一个节气，都按书上老规矩过，该贴春联时贴春联，该挂艾草时挂艾草，该吃粽子时吃粽子。只是我妈裹的粽子特别小巧，谁也不舍得吃。

到了春节，我妈开始忙碌，每一天大家都会沉浸在我妈营造的过年气氛中。大年初一早上，我们都能穿到妈新改做的衣服，吃到妈蒸的南瓜糕，拿到妈隔夜包好的红包。只有这一天，我妈底气十足、财大气粗。压岁钱，每人一大包，这些压岁钱加起来，也许就是妈半个月的工钱。我妈做的红包的外皮是特别鲜艳的料纸，里面还包着大一点儿的红纸。红纸，是妈在供销社里帮人家打扫卫生时收集起来的边角红纸。为这些红纸，妈常义务去打扫卫生。红纸上，写满小字。我妈用我外公传下来的湖笔，写上规规整整的小楷。红纸上，我妈给每人写上压岁钱的金额。这就是我妈的压岁钱，其实是一张张红色的白条。虽说是白条，我们仍很渴望。这些白条，总让我们惊喜，因为妈在红纸上还写着好多非常精彩的评语，还盖上她自己的私章。我们拿到自己的红包，就偷偷地藏起来，没人时读读妈的评语，总会得意好长一段时间。只是我妈从来没有给我们兑现过这些白条。过了年，看着重新愁眉紧锁的妈，我们谁也不敢提压岁钱的事⋯⋯

我妈取出一张已经精心装裱的我外婆的压岁钱红色白条，那秀美的字体和暖心的话语，真的让我眼前一亮。"这一年，姗妹表现最佳，春季挖马兰头，又多又干净。暑时人家送来西瓜，姗妹把自己的一份让给了弟和妹。一年里，姗妹受先生上门口头表扬两次。考试居全年级第一。奖姗妹压岁钱六元。"那就是我妈十六岁那年得到的压岁钱白条。

我有点儿疑惑，问我妈："你的这些压岁钱白条怎么会在大舅、大姨那里呢？"

我妈说："你外婆的这些压岁钱，后来大哥、大姐给兑现了。为帮妈，我大姐初中没毕业，就去乡下做了乡村小学复式班的老师，其实她功课很好。这六元，相当于当时全家一个礼拜的生活费。第二年，我考取了省城的师范大学，我就拿着大哥、大姐给兑现的六元压岁钱一直读到大学毕业。其实，除了大哥大姐，我们下面五兄妹全都以特别出色的成绩考取了不用花钱的师范大学。"

我弟说，谁也没有想到，外婆竟然传承了一手家乡早已失传的卫泾状元

体,县里搞文史的专家把外婆的这些红纸条当成宝贝,取过去放在博物馆里珍藏。

我妈说,我外公是私塾先生,写一手好字。

"我妈没读过私塾,她喜欢读书,一有空就拿我外公破旧的《三字经》《弟子规》《小儿语》认字、写字,"妈感叹,"我妈是个挺要强的人。"

可是时光永不腐朽

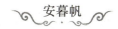

安暮帆

升上高三之后,我对未来充满了憧憬。我要考一个离家很远的学校,摆脱父母的束缚;还计划好高考过后要去旅行,从西藏一路走到云南;要去看一场五月天的演唱会,甚至决定要向一直暗恋的男生表白。

有动力的时候做什么都特别有干劲儿,即便做题做到烦闷,可一想到高考结束后的惬意生活,我的内心瞬间就强大起来。

听说快要月考我就蔫了,高三阶段绝对是危机重重,稍有不慎,就将陷入万劫不复的深渊。我坐在座位上不说话,狠命地吃着储存了一个多月的巧克力。自从听说吃巧克力记忆力会下降,我就忍痛将零食全数锁进了抽屉。可是现在看来完全没有效果,苦涩的味道蔓延整个口腔,眼泪在眼眶里打转,偏偏就落不下来。

糟糕的情绪蔓延到了寝室。许仪问我怎么了,吧嗒吧嗒我的眼泪就掉下来了,我说我考不上心仪的大学了,追不到喜欢的男生了,这辈子都没办法抬起头来了。高考面前,人人都如临大敌。

那是爱情大过天的年纪,我无数次想象着自己长成温柔美好聪慧的女子,以最好的姿态对他说出喜欢,可偏偏现实从来都让美梦不堪一击。我甚至已经想到高考过后,我们就会天各一方,再没有见面的机会了。

陈米米丢掉正在做的题，走到我跟前说："那你去表白。"

"真的要去吗？"我有点儿迟疑，暗恋这回事就是酸甜苦辣都自己一个人吞咽下去，"可我还没准备好。"

"需要做什么准备？喜欢就在一起，不喜欢就拉倒。"

宿舍里黑压压一片，安然躲过宿管从五楼跑上来，一群人都围在我身边，七嘴八舌地出谋划策。忘记了是谁提出来要骑车去他们学校。因为都是住校生，我们开始大张旗鼓地借自行车，计划在月考前一天去做这件疯狂的事。一行十个人，就这么浩浩荡荡地顺着公路一路骑行。大卡车在后面按喇叭，被我们的欢笑声忽视；我们在某一个路口停下来争论该左拐还是右拐，最后不得不观察班车往哪个方向；我们比谁骑得快，以某处为起点，下一个路口为终点。近三个小时的时光，竟然就这么一路嘻嘻哈哈地度过。

顾不得晚上会查宿，顾不得明天要考试，我们真的就这样一路横冲直撞闯了过来。

映入眼帘的是熟悉的风景，表哥还有往昔的好友都在这里读书，而我暗恋的那个人，也是在这里。每次回家我都会来这里看朋友，甚至好几次从斜坡上顺着风呼啸着冲下来时，与他擦肩而过。

"他要是敢不接受，我们就帮你揍他。"安然从来都不会让我吃亏，其他人也冲我笑，我忽然想起看过的大片大片的向日葵，温暖而热烈。从包里掏出小镜子和梳子，我理了理自己被风吹乱的头发，一步步走向校门，虔诚得像是朝圣的教徒。

现在回想起来，觉得有几分可笑。

"梁晗，怎么样?"我一出校门，许仪大老远就冲我招手，迫切地想要知道答案。

我轻松一笑："他说，高考过后再说。"

"那就是有希望啦。"安然冲上来抱住我，激动得不得了。

我们赶回学校的时候，还有十分钟就开始考试了，我把车往车棚里一丢，拔腿就往考场跑。教室里太暖和，以至于在考试的时候我差点就睡着了。

现在想来，那果然是一件"二"到极致的事情。可是依然得面对高考。六月来得那么快，窗外的蝉鸣和教室的闷热让人提不起精神，我兴致勃勃地看着教室后面的"高考倒计时 0 天"，想着终于解脱了。

考试过后到底没有去旅行，等着分数出来，等着填报志愿，等着开学军训;也没有考到离家很远的地方，突然很害怕千山万水才能回次家;甚至没能上得了心仪的大学，因为理想和现实总是有一定差距的。

安然问起故事的后续，我愣了一下才回答："只是突然觉得，他也没那么重要。"

没有人知道我那天压根就没有找他表白，我只是在那个陌生又熟悉的学校转了一圈，然后爬上高三的教学楼找表哥聊了会儿天，我没有勇气承受被拒绝所带来的伤痛与冲击，我宁可抱着这个憧憬一步一步冲过高考，从此海阔天空。

岁月早已模糊了他的容颜，可是时光的海里刻画着我们曾经不可一世的青春。

就算青春终将逝去，可是时光永不腐朽。

塘

胡天翔

我还是更喜欢夏天。夏天来了,墙根下的阴影还有一人长,我就穿着小裤衩,或者什么也不穿,光着屁股朝村里的池塘跑。

我的左手拿根木棍,右手拎只红色的小瓷盆。我一边跑,一边用木棍敲着盆底,还大声吆喝:"摸螺儿啊!摸鱼啊!"

我的喊声和木棍敲打盆子的声音配合得很默契,此起彼伏。是的,木棍敲打盆子的声音是一种信号,我的喊声也是一种信号。

听到信号，杨红旗等十多个孩子也都往池塘跑。他们也拎着五颜六色的盆子，也像我一样，大声地吆喝着："摸螺儿啊！摸鱼啊！"

我们吆喝着，跑向池塘，像草丛里受惊的青蛙一样，扑通、扑通地跳进水里。

我端着一盆螺儿，从奶奶家门前走过，对坐在树下纳凉的四叔说："看，一大盆螺儿，还有鱼！"

那神情，就像课本上的王二小把敌人带进了八路军的埋伏圈一样骄傲。

四叔笑笑说："螺儿不少，鱼就小了些，我捉的鱼都有娃娃一样大。"

对四叔的话，我是半信半疑的。鱼都有娃娃一样大，那不成精了吗？

晚上，我端一碗螺儿肉到奶奶家。奶奶却说："那还是小鱼哩，大鱼都像小肥猪，要一个大人才抱得动。"

看吧，奶奶说我们池塘里的鱼像小肥猪。四叔说鱼像小娃娃。我的鱼只有鞋子一样大。

四叔初中毕业，没考上中师，心里难过，他常常一个人在塘边的树林里吹口琴。那时初中毕业考中师比现在高中毕业考重点大学还难。四叔早上吃过饭去吹，晚上吃饭前也去吹。

"你去陪陪你四叔，多和他说说话。"父亲说。

我和四叔坐在池塘边的树林里。树木又高又大，繁茂的枝叶纠缠在一起，遮蔽了夏阳炙人的热度。池塘里的凉气，丝丝缕缕钻进衣服里，吮走汗水，给人清凉。十一岁的我，不知道四叔吹的是什么，却觉得那声音和旋律让人听了高兴不起来。

"四叔，你吹的是什么呀？"

"口琴。"

"四叔，你用口琴吹的是什么呀？"

"《梁祝》。"

"梁柱不是在房子上吗？"

"不是房子上的梁柱,是《梁祝》。"

"四叔你吹的《梁祝》是什么呀?"

"你不懂,别乱问。"

"老师说不懂就要问。"

…………

"四叔,你看有好多鸟飞到树林里啦。"

"我知道。"

"四叔,你没看怎么知道?"

"我看见它们映在水中的影子。"

"四叔,你看好大的鱼。"

"我知道。"

"四叔,你没看怎么知道?"

"我听见它哧的一声跳出水面,又啪的一声落入水中。"

…………

我话多了,四叔就不理我,只低头吹他的口琴。琴声,像水面上荡开的波纹一样,徐徐地在空气中铺展。无话可说的我,抬头看看头顶的树叶,低头瞅瞅波澜不兴的水面。池塘南面的树林里,有两只斑鸠在一棵大洋槐树枝头上飞来飞去,忙着搭窝。

夏夜,我是和四叔睡的。拿扫帚在大树下扫一片净地,洒清水去尘降温,铺席片儿在地,鞋子垫在席下当枕头,四仰八叉地朝席子上一躺,肚子上搭一条薄薄的毯子,任凉风徐徐吹着,听纺织娘、金蝉子、地蛐蛐、红蚰蜒的叫声从墙根下、草棵子里传来,我一会儿就能睡着。

四叔却常常睡不着。我总听见他在不停地叹气。他叹一口气,就会翻一下身,然后再叹一口气,又翻一下身,好像他身下不是席子,而是一堆碎石头。有时候,四叔还一动不动地坐着。夜在虫声悠长的鸣叫里走向深处,月亮爬上了头顶的天空。好不容易就要入睡的我,却被一阵好像屋檐滴水的声音惊醒。

四叔没有回到席子上，我听到他的脚步声越来越远。我坐了起来，看见四叔的身影朝池塘的方向去了。这么晚了，四叔去池塘干什么？我连鞋子也没穿，光着脚板，在后面悄悄地跟着。露水和夜风凉了被阳光烤热的大地，月光从树缝里漏下来，跌落了一地的碎片，光着脚板走在上面，像踩着一块块圆润温凉的玉。四叔穿过树林，来到水塘边，停了下来。

四叔干什么啊，四叔要跳沟吗？四叔没有考上学想不开？站在树林里，我吓得心里怦怦直跳！

四叔真跳到水里了。天啊，我吓傻了。四叔却从水里冒出来了，大口大口地呼气，就像胸中被什么堵着了一样，他不停地呼吸，要把它们吐出来。四叔像一条大鱼一样，哗，游到这儿；哗，又朝另外一边游过去。四叔就那么没有方向，没有目的地游啊、游啊，像要把身上的劲儿使完似的。看来四叔不是要跳沟。过了好一会儿，四叔累了，我看他躺在水中，浮在水面上，一动不动。他就那么静静地漂着……

见四叔要上岸了，我从树林里溜出来。躺到席子上，听见四叔的脚步声，我闭上眼，身子一侧，假装睡着了。四叔躺了下来，他再也不叹气啦！他再也不翻身啦！一会儿，我听见了他的呼噜声。我却睡不着了，就那么睁着眼，睁着眼……

三天后，四叔跟着我们家的一个亲戚去南方打工了。

四叔留下一封信，说："不混出个样子就不回来了。"

日子一晃，十年就过去了。师专毕业、在家待业的我站在故乡的池塘边，看着塘边枯死的水柳，看着一群孩子在长满荒草的池塘里玩耍，我常常想起童年的池塘，想起让四叔平静、给四叔勇气的那一池清水。

我们的一池清水，去了哪儿呢？

流年·可是时光永不腐朽

父子夜话

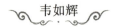
韦如辉

父亲从窑厂回来，已经掌灯了。微弱的灯火一闪一闪的，照着儿子忧愁的脸。

父亲一愣。按说儿子应该回学校了，虽说今天是星期天，但学校离家很远，十五里路。儿子住校，每星期回来一次。往常，儿子下午就走了，不耽误上晚自习，况且第二天还有正课呢。

父亲拍了拍身上的尘土。在窑厂干活，搞得他每天都灰头土脸的。父亲边拍边问："怎么没去学校？"

儿子看了一眼疲惫的父亲，回答："放假。"

儿子年纪还小，说谎说得不地道，父亲从儿子躲闪的目光中一眼就看穿了。

母亲从院子里进来，肩上扛一袋子晒干的小麦。母亲的脸色不好看，母亲说："孩子不想上学了。"

看来，儿子已经把自己的想法告诉了母亲。

父亲的脸一沉，如外面已经沉下来的黑暗。而父亲没有发作，只催母亲快点做饭。要在窑厂，父亲早暴跳如雷了。父亲性子暴，是村里村外出了名的。

饭后，父亲准备了一盏马灯，加足油，不容商量地说："回吧，我送。"

父亲在前，儿子在后。父亲手里的马灯，一晃一晃的，把周遭的黑暗晃来晃去。

周遭是一片片茂密的庄稼地，庄稼地里传来高一阵低一阵的虫鸣。这些音乐家，正在演奏一场大合唱呢。若不是父子的脚步和捣蛋的灯光，它们的合唱一定十分完美。这些杂音，的确给它们带来一时的惊慌。

父子俩没有说话。两个人的心里，都闷着一口尚未舒畅的气儿。露水不知什么时候已经下了，打湿了他们的布鞋和裤脚。灯光暗了下来，油烟已把灯罩熏得越来越黑。

父亲的脚步慢了下来，一担担沉重的砖块已经压了他整整一天。

儿子的呼吸声渐渐粗重。一方面由于害怕，另一方面由于父亲摇晃的身体。

"歇歇吧。"沉默的父亲终于开口了。

父子俩在一处空地上坐了下来。屁股下面的土地湿湿的，凉凉的，很解乏。

父亲突然问："你知道吴多三吗？"

儿子点点头。吴多三是父亲的小学同学，在北京搞农业科学研究。吴多三不仅是父亲的骄傲，还是全乡乃至全县人的骄傲。在我们家那一带，一提到吴多三这三个字，没有不肃然起敬的。

父亲接着说他和吴多三上小学的事。这些事，儿子听过，都是夸吴多三有志气的。

儿子低下头，静静地听。在空旷的田野上，父亲俨然一名传教士，把吴多三这个凡人，神化了。

父亲站起身，伸一伸懒腰说："走吧，还有七八里地呢。"

父亲边走，边接过刚才的话茬说："吴多三就是这么一个人，不出息才怪呢。"

儿子知道父亲的用意。父亲的这道题出得并不难，甚至有点儿漏洞。父亲一说起吴多三，儿子就知道父亲的答案了。

父亲把"出息"两个字，咬得很重。仿佛深藏在自己嘴里的两块玉，不得已才吐了出来。

灯光彻底暗了下来，连脚下的裸草都看不清了。一点光明，在黑暗的挤对下，苟延残喘。

只有吴多三这个名字，才能在黑暗中游走。仿佛吴多三就是光明，就是黑暗挤对不了的光明。

沉默了一段的父亲突然长叹一声："吴多三是前年春节回来的。三年没见了。"

父亲是说给自己听的，但儿子也听得真真切切。

学校出现在眼前。父亲说："去吧。"然后自己消失在回家的路上。儿子知道，父亲必须回去，天明必须赶到窑厂去。那儿还有一大堆的活儿，父亲必须亲自安排好。父亲是村里一帮在窑厂干活而又穷得叮当响的穷人头儿。

父亲回去的当天摔断了腿。一担沉重的砖头，把疲惫不堪的父亲撂倒了。父亲从此落下个瘸子的外号，再平整的路，也被他走得坎坎坷坷。

后来，儿子成了新吴多三。儿子考上大学，去了北京，从医。

儿子尽管想尽千方百计，最终也没能治好父亲的腿。

这件事成了我心中永远的痛，因为我就是那个曾经准备退学的孩子。

8月31日的父亲

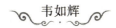

韦如辉

父亲是个懦夫。

陈三把拳头扬到父亲脸上，然后十分嚣张地把我们家的烧饭锅摔得铁片横飞。父亲连个响屁都没敢放。

忍无可忍的我，拎把菜刀要和陈三拼命的时候，父亲用身体堵住我，像一面墙。

我恨父亲。我觉得父亲枉为男人。

父亲用同样的方式把我堵在牛棚里。牛棚里有两头牛屙下的新鲜的粪，在暑气的蒸腾下，刺鼻的气息把我的眼泪毫不犹豫地扯下来。

我极力往外冲，但父亲像一面墙。

那个夏天，我极力把自己打造成一个地地道道的农民。我在太阳下晒，在热风里吹，在暴雨中淋。我把我书生的皮肤和身体搞得十分接近脚下土地的颜色。在又一次落榜之后，我打碎自己的所有梦想，决心像父亲一样，做一个实实在在的庄稼汉子。

父亲就是为这件事情，把我堵在牛棚里的。

父亲似乎有许多话要说，但父亲又是一块沉默寡言的石头。

父亲的沉默，也是出了名的。父亲在全村有个外号，叫老蔫。父亲的真

实姓名,别人好像都不记得。只要一提老蔫,别人便知道是父亲。

父亲曾经是一名党员,那年村里选支书,轮到父亲表态,父亲的蔫劲上来了,竟没有说出一句话来。究竟是父亲不愿意说,还是说不出来,只有父亲内心清楚。支书后来找了父亲一个茬儿,除去了父亲的党员身份。

父亲想对我说,却始终没说。父亲只一袋一袋地吸旱烟,烟火一明一灭,似天边眨眼的星星。其实,父亲想说的话儿,我都知道。但是我不想听父亲的,我只想做一个地地道道的农民。

父亲与我对峙着。借着烟火,我看到父亲粗糙的脸,还有十分庄严的表情。

我想冲出去,尽快结束这场无声的谈判。几次努力,都被父亲墙一样的身体挡回去。

我是父亲的儿子,但我的性格和父亲判若两人。说句实在话,我在心里十分藐视父亲。尽管我想做像他那样的农民,而绝不是懦弱的农民。假如有一点儿对我的污蔑,我都会视死如归,疾恶如仇的。

我对父亲说:"别劝我,我真的不想上了。"我把最后一句话,在牙上磨了几磨,才从牙缝里挤出来。我之所以这样做,是想向父亲表明我的态度。也可以让父亲这样理解,别逼我上梁山,我不能再听你的。

高考三次落榜,已经让我失去所有耐心。我的未来应由我自己抉择,不能再由父亲左右摆布了。

父亲没有表态。显然我的表态,没能让父亲接受。父亲能接受的是自己一切不幸的遭遇,而最不能接受的就是我不愿意上学的事实。

父亲那晚的意思,是让我明天回到学校,重新开始我的学生生涯。

父亲的烟窝里,吱啦吱啦地响,火和烟叶的碰撞,让夜里多了一种别样的声音。父亲烟窝里的响声越急,越说明父亲要说的话很多,可父亲还是没说。

我呛不住牛粪的味道,也呛不住父亲那堵墙,我流下无可奈何的泪。

父亲握住烟杆的右手，突然换回左手，父亲的右手伸到我的脸上。我等待着父亲的手，等待着他重重的一击。然而，父亲帮我抹了一把泪。

我泪如雨下。

父亲折身回到场上，把牛棚的出口让给了我。

父亲在场上劈柴。这些柴是留给年关用的，父亲今晚提前劈上了。父亲劈的柴，本来是一根枣木。枣木曲曲弯弯，像一位弓腰伛背的残疾人。父亲邀木匠琢磨了好几回，木匠几乎都是同样一个动作，摇摇头说："刨掉当柴火烧吧。"难眠的父亲，过早地做他自己后来的活儿。

父亲的镢头举得很高，差一点儿就甩到自己的后背上。父亲一镢头下去，如同一个炸雷落在地上。枣木是硬料，父亲必须使出全身的力气。

父亲喘着粗气，如同犁到地边的牛。场上，滚动着一个又一个炸雷。

那一刻，我理解了我的父亲。父亲是个坚硬的男人，如石头一样坚硬的男人。

第二天，我重新背起书包。父亲布满血丝的目光，一直送我出了村口。

后来，我进城当了干部，父亲仍蜗居在家乡的村子里。只是每年的 8 月 31 日，他会如期打来电话。只说一句话儿，便把电话挂上。父亲说："别忘了明天让苗苗上学。"

苗苗是我的女儿，同时也是父亲的孙女。

脚印里洼着几只蝌蚪

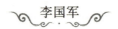

李国军

阵雨来时一点预兆也没有。

夏天急骤的降雨对于身为孩子的我来说永远是一场匆促的遭遇战。战争总以我的彻底失败而告终。每次冒雨跑回家,我都成了落汤鸡,而我并不以为失败。怕什么呢,来一场淋漓的大雨正好洗个痛快澡。光着身子在阶沿上跑上几个来回,原先湿透的衣服多半就干了。我可明白着呢,夏天的雨看起来凶巴巴的,又是打雷又是闪电的,却像山猴子一样没有耐心,狠狠地追过一阵子,见野地里没了人影,也就垂头丧气地溜走了。

大雨一走,又是我们小孩子的天下!

那天下午,大雨来时我正在塘埂上放牛,一个闪雷在头顶炸响,一片墨云就遮住了天空,还没反应过来,豆大的雨点已经凶狠地砸在头上。

大雨裹挟着乌云汹涌而来,老水牛却一点儿也不急,不管我怎么拉缰绳,它还是慢吞吞地踱着方步,不时地,惬意地打两个响鼻,甩我一身的水。

牛是庄稼地的功臣,可不能怠慢了。我就是胆大包天,也不敢扔了缰绳自己跑,只能随着老水牛的性子慢慢往家中走。人家老水牛根本就没把这垮天的大雨当成一回事。它一边走,一边不时对着大雨长哞几声,低下头还不时啃几口田埂边的青草,大雨洗净了草上的灰尘,吃起来更可口。

又一个闪雷在头顶炸响，大雨好像被老水牛的悠闲惹恼了，分外疯狂起来。四周只有很响的雨声，打在荷叶上，像擂着千百面鼓。野地里什么也看不见，我抹了一把雨水，眼睛还是睁不开。

刚才出坡时田埂上一块干硬的土坷垃撞得我脚趾生疼，这会儿，路上却早变成了汪汪的泥塘，一脚踩下去，黄泥淹没了脚背。我深一脚浅一脚地在大雨里走，后边是依旧对大雨无动于衷的老水牛。

等我终于把老水牛拴进圈里，头上已经擂了四次鼓。我脱下衣服走到屋檐下，大雨还没有停下的意思。院子里四周淌着泛黄的水流，连掉在地上的桉树叶子也给这平地洪水卷走了。

又为明天节约了一次扫地的时间呢。我拧着淌水的衣服高兴地想。

第二日又是个大晴天，大雨洗过的天空更加明澈，鸟儿的叫声比往日更加清脆悦耳，空气中散发着洁净的幽香。早饭过后，我哼着儿歌上坡打猪草，路过昨天的田埂时，惊奇地看见田埂中央洼着的脚印积水里游着几只小蝌蚪。我高兴地叫着，俯下身数了数，一共三只，旁边老水牛深深的蹄印里还有四只。青蛙妈妈也太粗心了，肯定把这脚印当成了小池塘。它不晓得，太阳一出来，脚印里的水就会给晒干呢。

我在路边摘了一枚桑树叶子，撮成一个圈，小心地舀些清水盛着，把七只小蝌蚪轻轻放进去，双手捧着桑树叶，将它们放进了几十米外的池塘里。

桑树叶子慢慢在池塘里散开，小蝌蚪们摆着尾巴游走了，只一瞬，水面上没有了它们的踪影。

我哼着歌继续往坡上走去，蝌蚪就像我们这些淘气的孩子，长成青蛙后，是庄稼人的好朋友呢。

马蜂窝,海金沙

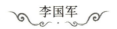

李国军

　　豌豆成熟时,野生的豌荞子也都饱了荚,麦地里、田埂上到处都是。我们小孩子采了满满两衣兜回来,小心剥开了,散去籽,掐掉开口的一头,放在嘴里猛吹。霎时,清风飞扬里,村子里到处都响起悠扬的麦笛声。老婆婆们听得烦了,捂着耳朵到处撵我们走,嘴里嚷着"吵死了,吵死了",我们一边跑一边吹得更响。真是的,那么好听的声音,难道你们小时候没有吹过啊!

　　等麦垛子架起来,田埂上最小的树也变得臃肿不堪,拾尽了田野里散落的麦穗,第一顿新麦面还没有尝到,海金沙就饱籽了。

　　麦收后有难得的空闲,暑假一到,村子里就热闹起来。趁着中午太阳大,小伙伴们三五成群地到野地里、山坡上寻找草药。这时候梭草老了,铜针刺疙瘩也可以挖了,跟海金沙一样,这些都是中药,弄回家晒干了,背到几十里外的县城里卖掉,可以换回喜欢的小人书,还可以存几个零花钱。

　　整个暑假,我、火牛子、壮娃子,背着背篓把方圆近十里的山坡都找了个遍。我们只割海金沙,价钱高,一小背篓就能卖十几块,哪里像梭草、铜针刺,背得汗流浃背,也换不回几个钱。

　　"海金沙都长在陡崖上,叫他们来割,谅他们也没有这个胆子!"火牛子轻蔑地鄙视了三娃子他们一通,把拴在腰间的篓索紧了紧,又把镰刀别在裤腰上，吐口水润润手心，抓住绳索，朝我们喊一声："你们慢慢往下放，有点陡，莫放快了。"

我和壮娃子早将绳子一头系在崖边的松树上，脚蹬在树根下，使出吃奶的劲才把火牛子放到五六米高的悬崖下。那儿有一个平台，长着茂盛的海金沙，割上来，我们每人都能分一大把。火牛子每次都主动要下去割，我和壮娃子在上边拉，每次都拉得手疼，红肿小半天。不过看着茂盛的海金沙，我们心里都美滋滋的。

我和壮娃子正抱了树干探头往下望，就听见下边的火牛子"哎哟"大叫一声，正在纳闷，数十只马蜂嗡嗡轰鸣着飞上来，壮娃子"妈呀"大喊一声跑开了。我赶忙趴在树根下动也不敢动。大人说了，马蜂随风，人走风来，越跑越容易被蜇。

"快停下来，趴在地上，不要跑！"我大喊时，壮娃子已经大哭起来，蹲下来双手乱拍——看来他已经给马蜂蜇了。我赶忙砍了一根枝条去打他身上的马蜂，刚把他身上的马蜂赶走，正得意间，脖子上针刺般痛，我不觉"哎呀"叫出了声。

我们也是胆大，一边哭着一边追打马蜂，直到将飞来的马蜂全杀死了，踩进稀泥里，才抽泣着相互用力挤出肉里的毒刺。火牛子已经在下边喊了："你们快扯一把谷草来，我把马蜂窝烧了，给你们报仇！"我俯在悬崖边问他怎样，他说只是脸颊和手背上蜇了两下，毒刺已经挤出，比我和壮娃子轻多了。

壮娃子咬牙切齿地抱来一捆稻草，用绳索小心地放下崖去。火牛子胆儿也大，红着眼睛慢慢靠近马蜂窝，蹲下去擦亮火柴点着稻草，放到马蜂窝下。阳光中，马蜂窝哔哔啵啵燃烧起来。等烟雾散尽，枝条上只剩下了光秃秃的枝丫，几只燃掉了翅膀的马蜂在草里扑腾，全给火牛子打落到悬崖底下去了。

等火牛子割了海金沙爬上悬崖，我们三个人的脸都肿得比平时大了许

流年·可是时光永不腐朽

多。壮娃子最惨，眼睛已经眯成了一条缝。我们嘴里嘘着气，咒骂着该死的马蜂，哭哭啼啼回家去。大人们一见吓坏了，赶忙叫来了山梁上的杨医生，每人打了一针。真倒霉，屁股上又挨了一阵疼。

这次被蜇的经历终生难忘，第二天起床，脸肿得更大了，一村的小伙伴们追着叫我们"包老爷"。嘲笑倒在其次，大人们晓得了我们四处爬悬崖的英雄事迹后都吓得不行，再不准我们割海金沙。还编故事说哪块悬崖曾经摔死过人，那人的阴魂正在找"替胎"呢。悬崖我们不怕，可一听说有鬼，我们就后背发凉，再也不敢去崖边割海金沙了。

这个暑假我们三人的损失不小。等晒干了，抽一个晴夜，我们大半夜就背着海金沙出发了。天一亮赶到县城，每人卖了十几块钱。我跑进书店，买了整整十本一套的小人书《碧血剑》，袁承志和温青青的故事究竟怎么结束，还有那个让人怜爱的九姑娘后来怎么样了，这回总算可以清楚知道了。小人书五毛钱一本，我花去了五元钱。走了半夜山路，肚子早饿惨了。我们跑到街边，每人向摆摊的老爷爷买了三颗麻丸子，甜甜的，香脆可口。我们一边吃一边顶着炎炎的烈日往回走。

半路上口渴了，壮娃子要买五分钱一杯的冰水，被我劝住了，前边半山腰就有一口凉水井，比冰水还凉呢！割海金沙多不容易，还是别花那冤枉钱吧。害得路边卖冰水的阿姨直拿白眼珠子瞪我。

麻丸子太好吃了，至今回想起来，还是甜津满口。

白月光

李国军

常常做梦,梦中总有白月光倾泻而下,柔柔的白月光,忧伤的白月光。

少年时,在每个白月光升起的夜晚,我幼小的心灵里总有着一股莫名的兴奋和恐惧,但经过了那个独自行走的月夜后,我的恐惧不见了。

杨老师终于写完了最后一个数字,将手里写得只剩一丁点的粉笔头放在黑板下,拍着手转过身来,清了清嗓子。我清楚,几句安全叮嘱过后,就要放晚自习了。我再次望了望后排的座位,空空的,火牛子他们没来上自习。

我望向窗外,一片银白色的月光泻下来,高高的玉皇山黑黝黝的,看不分明。风一阵阵从开着的窗口吹进来,掠来熟悉的收获气息。

可我的心里,没来由地打起了鼓。

想起今晚要一个人走那四五里山路,还要经过两片坟场,虽然有月光,我心里还是怕得要命。

放学了,我跟着王东他们往家里走。月光下的公路,对我们这些刚结束一天辛苦学习的六年级学生来说简直就是天堂。有女生同路,男生们夸张地笑着跑着,讲一些自以为有趣的故事,一天辛苦的学习劳顿也烟消云散。只有我,一言不发地跟在后边。到前边路口,就只剩下我一个人了,想着那长长的、黑黝黝的山路,那一个个离奇的鬼故事,我的手心已经出了汗。

　　与王东分开后，我一路小跑起来，口里大声唱着歌。即便如此，我还是听见了自己怦怦的心跳。听大人们说，前边的石垭子路口常常闹鬼，前些年，一个放晚学回家的孩子就在石垭子迷了路，等大人们半夜找到他，他睡在乱草坟场里，嘴里塞满了沙子。大人摇醒他，他说几个老婆婆请他吃晚饭，一桌的好菜。

　　这故事让我悚然，心跳也更厉害。此刻，清白的月光那么诡异，我觉得四周似乎有无数双眼睛盯着我，身后好像有人跟追的沙沙脚步声。往前看，那每一枝摇曳的树枝中似乎都藏着一个叵测的东西，正等着我过去。一边飞跑，我一边在心里把火牛子他们几个骂了一千次。火牛子偏偏要在这个时候生病请假，福寿子到外婆家去了，爱琼子进城没回家，李家湾就我们四个人上六年级，害得我一个人走夜路。

　　浑身每一个毛孔都张大了，汗毛一根根竖起来。越走近石垭子，我心里越发慌，我似乎已经听到了那几个绿眼睛老婆婆阴森森的笑声，脚步几乎挪不开了。我多么希望，这时候后边会走来一个夜路回家的人啊。

　　我转身望了望朦胧的山路，什么人也没有。只有一阵阵夜风，轻拂着黑夜。

　　不怕！我在心里告诫自己，鬼神都是假的，我要像英雄好汉们那样勇敢。我握紧了拳头，在头脑中将以前小说里看过的英雄事迹复习了一遍，心里竟慢慢平静下来。

　　好吧，往前走！我长长舒口气，抬头看看银白色的月光，它还是那么清澈地照耀着收割的原野。四周寂静一片，山川、禾稼、树林都沉在这银白色的遐想中。已经是残秋了，山谷的风吹在身上，有丝丝寒意。我不觉打了个寒战，俯下身，捡了块石头在手，望望前面的石垭子山谷，黑黢黢的，啥也看不清。

　　我深深吸了口气，快步往前走去。

　　一走进石垭子，月光就给树林挡在了外边，两边林木森森，静得可怕。

黑夜给人一份难言的威压,我攥紧了石头,眼望着旁边幽静的坟场,真要有鬼,我也不怕你!

眼看就要走出阴森森的石垭子,下边村庄已经隐约可见,有星星点点的灯光透出来。我暗自松了口气,正要放下石头,突然一只不知名的鸟儿扑棱着翅膀从身后飞入黑黝黝的林子里。

"谁,干什么的?"

我一屁股跌坐在地,惊惶的叫声引来了村子里一片狗吠。我战战兢兢爬起来,揉着摔痛的屁股蛋子往回走。此起彼伏的狗叫声,似乎是最动听的乐曲。

走出树林,走进村庄,我又望了望天空那惨白的月光,它那么明亮,那么安详。

爷爷的缸

崔 立

爷爷有一口缸，一口很大很大的缸。

爷爷的缸，放在他的房间里，像宝贝一样藏着。

有时我好奇，忍不住想去摸一下，爷爷就会大喊："别碰！"

我被吓了一跳，怯生生的一张小脸顿时发烧。

自从老师在课堂上讲了《司马光砸缸》，那口缸，一下子就被我注意上了，原来那口缸里藏着个小朋友啊。

时不时地，我会跑到爷爷的房间，去瞅一眼那缸。

当然，我只是远远地瞅。

因为，爷爷就像警卫一样时刻保卫着他的缸。

不过，我的好奇心让我不觉得害怕了。

我的口袋里塞了一块碎砖。

我想证实一下，这个缸里究竟有没有小朋友。

可是，我没有机会。爷爷似乎窥探出我的心思。

爷爷没给我这个砸缸的机会。

不过，机会是需要慢慢等待的。

有一天，真的让我等到了。村里的刘老头儿把爷爷叫走了，说是下棋。

爷爷走了。房门也紧闭着。我知道爷爷把钥匙放在高高的橱柜顶上。我人矮，搬了个凳子，颤巍巍地慢慢爬了上去。

我伸着手摸了半天，终于摸到了那把钥匙。

我兴高采烈地爬下来，可当我回过头时，居然看到爷爷正一脸严肃地站在我面前。

我吓得不轻。钥匙也被我掉在地上，一起掉下的还有我口袋里的那块碎砖。

爷爷看了我一眼，又看看那块碎砖，没说什么。爷爷捡起了钥匙，打开了房门。

爷爷对着那口缸，给我讲了个故事。爷爷说了那一年自然灾害时的故事，那口缸是他们的救命恩人，缸里储藏着的粮食，养活了爷爷、奶奶还有爸爸、叔叔和姑姑。那时的他们就全凭着一天一顿能照镜子的稀粥，硬是撑着活下来了……

爷爷边说边抹着泪。

我听着却有些犯困。我听着还走了神，我想起了中午那碗饭，爸偏要我

流年·可是时光永不腐朽

吃掉,我不吃掉,他就要揍我。我忽然想,那时的孩子,应该是幸福的,不用吃那么多。

我还想起有次没吃完饭挨的巴掌。想着,我有些委屈地落了泪。

爷爷看我落泪居然显得很高兴,爷爷拍着我的脑袋,还夸我好孩子。

我忽然想笑。爷爷真傻。

走出爷爷的房门。我笑了。

我可并没放弃要去砸那口缸。

我更搞不懂,爷爷为啥要抹泪呢?搞不懂就不想。

爷爷似乎放松了对我的警惕。

有一天,爷爷去镇上了。我很轻易地闯进爷爷的屋,然后,拿起口袋里藏的碎砖,狠狠地砸向了那口缸。

砸了好几下。缸烂了。我却没看到缸里的小朋友。

我忽然有种受骗的感觉。原来老师是在骗我啊。

缸已经烂了。爷爷回来非打我不可。

我扔了碎砖,坐在爷爷房间里哭。

爷爷回来时,我还在哭。我的眼睛哭得都有些红了。我哭着告诉爷爷,是我不小心碰烂的,我不是故意的。

爷爷看了我一眼。爷爷并没责怪我。爷爷只是叹了口气。

柳笛带到小时候

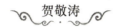

贺敬涛

娘前脚刚出门,孬蛋哧溜钻了进来。

"司……令,今天还打……仗不?"孬蛋吸溜着鼻子,还结巴。

"娘让俺看妹妹呢,不……"我想起爹蒲扇大的巴掌,感觉屁股隐隐在疼。

"报告!"狗剩穿了件他姐穿小又用颜色染黑的花上衣,腰里扎了一根他娘绑腿的布条,一把小木枪很神气地斜斜地插着。

在村里,他是本司令的警卫员,而孬蛋则是机枪连连长。

"哥,我也要出去玩!"扎着两个冲天羊角辫的小妹嚷嚷起来。

"好,出发!目标——一号阵地。"望着警卫员和机枪连连长,我咬咬牙,拍拍兜里的无敌小弹弓,发出号令。

孬蛋、狗剩、小妹排着整齐的队伍出发了。

春暖花开,柳枝吐绿,蜜蜂飞舞,一派大好春光。

我们一行来到村西水塘边,那棵硕大的柳树,吸引了我的目光。

大柳树上细长的柳枝倒垂了下来,柳枝上毛茸茸地挂满了小嫩芽,柳枝清绿清绿的,正是做柳笛的好时候。

"你,上!"我狠狠地推了一把孬蛋。

孬蛋面有难色,围着大树转圈圈。终于,这小子鼓足了勇气,像只瘦小的猴子一样抱住了大树,可怎么也爬不上去,龇着牙,撅着小屁股,很滑稽地停在那里。

我上去就是一脚:"滚蛋!"孬蛋从树上掉下来,摔了个屁股蹲儿。小妹咧着小嘴笑了起来。

紧了紧腰带,往手掌上吐了两口唾沫,我快速向树上爬去。很快到了柳树杈上,伸手折了一根小拇指粗的柳枝,去了梢,轻轻一拧,树皮松动后,用小刀划一圈,把杆抽出来,把柳枝皮一头捏瘪了,放在嘴里,咿咿呀呀,清脆的柳笛声在春天里飞出很远。

我又用细柳枝编了个柳条帽戴上(电影里的解放军都是这样的),我很神气地在树上吹起柳笛来。

"给我,给我!"下面孬蛋、狗剩、小妹叫了起来。

"那谁呀! 兔崽子,下来,弄断了我家柳树。"村里大龅牙丁会计从远处大叫着,凶巴巴地跑过来。

孬蛋、狗剩撒开脚丫子,跑得比兔子都快。

只有小妹在下面惊恐地叫着:"哥哥,快下来。"我唰的一下,从树上滑下来。呀,不好,肚子上蹭了一大道,更可气的是娘新年给做的裤子被树枝挂了一个大口子。

我拉起小妹就跑。

到了远处,整顿兵马。孬蛋、狗剩呼哧带喘的,孬蛋的鼻涕都过了河,狗剩穿他哥的大号布鞋跑丢了一只,娘给小妹扎的冲天小辫也散了。

我那个气呀!

想想那次偷四爷的大红枣,丁大龅牙去告诉四爷,四爷又告诉了爹;那次我们骑马(其实是骑的傻子大叔家的羊)比赛,还是他告诉了傻子大叔;还有……每次都让爹的蒲扇大掌在我屁股上留下印记。

比胡汉三都可恨的丁大龅牙!

"司令,打他家鸡去!"孬蛋、狗剩都义愤填膺。

摸出了无敌小弹弓,让孬蛋、狗剩放哨,我慢慢溜到大龅牙的家门口。

一只芦花鸡刚下完蛋,正慢悠悠踱着方步,从鸡窝里得意地"咯嗒、咯嗒"唱着走过来。

手松弹出,嗖,芦花鸡扑腾腾滚在地上,痛苦地叫起来。

"谁呀?"丁大龅牙媳妇惊恐地跑出来。

我飞快地跑,耳边只听风声飕飕。

"好你个小子,看到你了,我找你爹去!"

夜,黑漆漆的。我在村子远处坐着,不敢回家,怕爹打。

真孤独啊!不知不觉竟进入了梦乡。

突然,感觉有只小手在摸我的脸,睁开眼,是小妹:"哥哥,娘找你回家呢!"

抬起头,娘正站在小妹身后,柔柔地看着我。

"娘!"刚喊出声,泪水却不争气地流了出来。

偷　园

白·秋

　　村子往西三里多,是一片高高的刺槐,它后面靠近河边的地方,才是那片叫人神往的果园。果园不大,品种挺全,瓜桃梨枣,只要你能想到的,里面都有。

　　上小学的时候下午课少。放了学,我们都会挎个篮子三五成群,去河边割草。说是割草,实际是学游泳、摸鸟蛋、打群架、偷果园,什么都干。

　　一群人中,挑头的叫范明。前几年,他父亲跟一个女知青私奔,去东北做木材生意了,撂下他、两个姐姐跟母亲一起生活。他身子壮,打架狠,学习成绩还不错,大家都望着他打怵。

　　偷园时,范明会把人分成三伙。第一伙人专门去看园子的小屋附近晃悠,故意引起看园人的注意;第二伙人是小分队,腿脚要快,人也机灵,从敞亮的地方向园里渗透,等看园人发现后引他们追赶;第三伙才是真正偷园的,范明亲自带队,从最不起眼的地方潜进去,摸准自己看中的瓜果就跑。还喊个口号:“下定决心去偷瓜,不怕牺牲往里爬,争取胜利摸大的,排除万难拖回家。”

　　集体作战,战果往往辉煌。事先也都约定了集合地点和“分赃”办法,一般来说不会发生纠纷。只可惜那些偷来的瓜果,往往没有几个可口的。尤其是洋梨和苹果，不熟的时候都是涩涩的，大伙咬一口就扔掉了。

每年的这个时节，家长们就警告我们："谁也不能去干那些伤天害理的事，要是被人家逮住，那就……哼哼。"但是，真正听话的却没有几个。

那年，范明本家的一个爷爷从前线受伤回来，大队里就让他在那里看果园。他办事格外认真，偷园这事发生了几次后，他就瞅出门道了。那一回，他故意卖了个破绽，装作去追第二伙人，突然杀了个回马枪，一下子把我们几个人逮住了。几个人耷拉着脑袋被他提溜到瓜棚里去等候处理。按常规，那一顿"饼卷肉"的鞋底拍屁股是跑不了了，在学校里写检查，大会小会批评，还有少不了的赔偿损失。

他一眼就认出了范明，说："是你小子挑的头吧，你上里屋来。"

不一会儿，就听见里面鬼哭狼嚎般的一阵叫唤，大家都吓得浑身发抖，脸色发白。一袋烟的工夫，就见范明满脸通红，眼泪汪汪地走了出来，跟大伙说："走了，走了，都回家吧。"

路上，大家都闷着头不吱声。

快到村口了。一个孩子忍不住问："那回家怎么说？"

"什么怎么说，回家啥也不要说，就像什么事也没发生过一样，听见了没！"范明瞪着通红的眼睛，沙哑地说，"以后，谁想偷园就跟我说一声，我另有办法。"

大家欢呼雀跃，鸟兽散一般各自回家了。

这以后，每次跟着范明去偷园，还真没有被逮着过。虽说每次收获不多，但是所偷到的东西几乎都是熟透了的瓜果，又香又甜，再也没有咬一口就扔的情况了。

范明的威信也不知不觉中建立起来，从小学到初中，他一直是大家的头儿。

这事持续到他爹从东北回来，还带着两个同父异母的兄弟。那一天，苦等了十几年的母亲哭着回娘家去了。范明梗着头要跟他爹拼命，被长辈们

流年·可是时光永不腐朽

拦下后,他就离家出走了。连我这最好的哥们也没了他的消息。

再次见到范明,是那么突然。那天,我刚出单位门,就有一个穿着厚厚棉袄的中年人从墙角里蹿出来,喊着我的小名。他乱糟糟的长头发经年未洗的样子,黑黢黢的脸上挤出一点尴尬的笑,说:"你不认识我了,我是范明啊。"

他不说,我还真认不出来。我赶紧跟他握手,他却一边往后缩,一边含混着说:我手脏着呢,不握了,不用握了。

我望着他,他望着我,两人都傻傻的,半天无语。

我问他这几年到哪里去了,他说一言难尽。问他干什么工作,他拿出了一个腻子铲:"就是这个,刷油漆,抹墙皮,还能干点啥。"我留他吃饭,他说:"不。"最后憋了半天,说:"你借我两千块钱吧,我娘在住院,急用哩。"

这也不是什么大数,看着他无助的眼神,我没犹豫。

他很认真地给我写下了借条,说一有了钱,马上还我。然后,千恩万谢地走了。

可是前天,范明被捕了。据说,他偷了一个做木材生意人的店,还放火烧了人家的库房,案情恶劣,要判重刑呢。

得到消息,我心里"咯噔"了一下。心想:"那钱是甭指望还了。只是,他是用来给娘治病的吗?"

1986 年的肉丝面

李世民

1986 年，我十五岁。

那年夏天，接连下了几天雨，催赶得田里的玉米忽忽地长，村里人都趁机争先恐后地给玉米施肥。

我家种了四亩玉米，需要四袋化肥，具体地说，四袋碳酸氢铵，或者照村里人的说法，孬化肥。

巧了，爹刨树摔伤了腿，不能动弹，娘就对我说："你去买化肥吧。"

娘见我有些犹豫，就说："你也老大不小的了，能做些事情了，你去买化肥的话，可以在半路上吃一碗肉丝面。"

娘的话，既有鼓励的一面，又有诱导的成分，那时候，我只是听大人们说过饭店里的肉丝面是多么好吃，可从来没吃过呀！这样，我就答应了。

第二天吃过早饭，我就拉着平板车上路了。临走的时候，娘给了我四十八块五毛钱，娘嘱咐我，化肥每袋十二块，四袋四十八块钱，剩下的五毛，是买肉丝面的钱。

一路上，我唱着歌，迎着夏日里狠毒的太阳，呼吸着乡野里掺和着庄稼清新气味的空气，怀着对一碗肉丝面的憧憬和虔诚，"夏"风满面地向化肥厂

方向出发了。

化肥厂离我家大概十五公里，对于十五岁的我来说，已经很遥远了。人一旦有了希望和期冀，也就有了更多的信心和勇气，十五公里的路，在我虎虎生风的脚下渐次而过，一抬头，化肥厂到了。

天有不测风云。怎么也没想到，化肥涨价了：每袋十二块一毛钱，而且，就是从那天早上开始涨的。付了款、开好了票、装好了车，我衣兜里，仅剩下一毛钱了。可怜的一毛钱，别说肉丝面，就连一碗素面也买不到了，突然之间，像发生了强烈地震一样，我心中的一碗肉丝面轰然倒塌。

回去的路上，太阳更狠毒了，像马蜂一样蜇人，而我的平板车上，还多了四百斤化肥——散发着浓浓氨味的化肥。我弓着身子，每走一步，都很吃力，一抬头，汗水像虫子一样顺着脸、溜着脖子往下淌。累了，就在路边歇会儿，我用可怜的一毛钱在路边买了两牙西瓜，贪婪地啃咬，恨不得连瓜皮都吞进肚子，然后，再硬着头皮赶路。

日头已经压到头顶了。腿，像面条一样，有些软了。肚子，像池塘里的蛤蟆，开始叫唤了。前面的路边，就是一家饭店，有耐人寻味的香味飘过来。我真的不想再走了，就停在了路边的树下，痴痴地向饭店里望去。

饭店里，是高桌子矮板凳，好几个人坐在那里，用筷子夸张地挑着海碗里冒着热气的面条，哧溜哧溜地往嘴里扒拉，不停发出满足的咂巴嘴的声音。

一会儿，一个束着围裙的人朝我走了过来，看样子是饭店老板吧。他对我说："不进去吃饭？"

我摇了摇头。

他又说："大中午的，进去吃点饭吧？"

我说："没钱。"

他看了看我板车上的化肥，然后又拉着我的胳膊说："进去吧进去吧，不要钱。"

　　他拉住我胳膊的时候，我就开始害怕了，我总觉得，他看了几眼车上的化肥，是不是打化肥的主意呢。但我的脚还是不由自主地往饭店里走。

　　一会儿，一碗油汪汪、漂浮着葱花芫荽的肉丝面端到了我的面前，我看看老板，他在朝我笑，我心里不踏实，就走出门外，看了看我的平板车上的四袋化肥。

　　肉丝面真好吃，那颜色，那味道，还有那个又大又圆的海碗，我想，即使老板扣下我一袋化肥，我也同意。

　　吃完肉丝面，老板笑着走过来，抚了抚我的脑瓜儿说："吃饱了吧，吃饱了就去赶路吧。"

　　谢天谢地，老板既没要脱我的衣服，又没让我拿化肥抵账，我感激地看了看他，然后拉起板车，迅速地向家的方向发起冲锋。

　　到家了，终于到家了，我抱住娘，狠狠地哭了一场。然后，我把路上吃肉丝面的经过告诉了娘，我问娘："那个人对我咋恁好呢。"

　　娘告诉我："饭店里的那个老板，是你表叔呀。"

　　多好的表叔啊。1986 年的肉丝面，真的让我无法忘记。

老 马

李世民

老马不是一个人,是一匹马。

那年秋天,我和母亲一块儿去舅舅家。赶巧了,舅舅准备去县城买点饼肥,正好缺个帮手,舅舅就让我坐上他的马车,当时我心里也乐:都蹿成一棵树苗那么高了,还从来没去过县城呢。

那匹马显然是很不好看的,暗淡无光的黑红色毛发,清晰的肋骨把它的瘦弱展示得一览无余,甚至它的腿上还沾着几块巴掌大的泥土和粪便的混合物。

很快,我就对那匹马产生了非常浓厚的兴趣:舅舅赶它的时候,不用缰绳,也不用鞭子。舅舅"驾驾"两声,那匹马就迈起腿,直起腰,起劲地走路;拐弯的时候,舅舅"噫噫"两声,它朝左;舅舅"喔喔"两声,它向右。如果舅舅"吁——"一声的话,它就规规矩矩地停了下来。舅舅简单的吆喝像童话里的故事,牵动了我的好奇和向往。

一路上的秋野,弥漫着成熟玉米的馨香,我坐在一颠一颠的马车上,满怀着新媳妇坐花轿一样新鲜和美好的心情。

县城说到就到了,我睁大了眼睛,县城的模样就装进行走中的马车上的我的记忆里。伴随着舅舅的"噫噫"和"喔喔"声,我们的马车穿过几条街,拐过几道弯,绕过熙熙攘攘的人群,从北关来到了南关。

舅舅买饼肥的油厂就在南关,油厂的后院里有一块空地,地面上生出许多杂草。舅舅把没有卸套的马车赶到了空地上,就去厂房里装饼肥去了,临走的时候,舅舅交给了我一项任务:看马车。

我原以为这是一项艰巨的任务,舅舅走了之后我才知道,其实我想错了:那匹马根本不用看,它站在大院里,像一个听话的孩子站在母亲画出的圆圈里,一直原地不动。有时候,它埋头啃一阵子地上的杂草;有时候,它抬头眺望远方的蓝天。当时我想:这真是一匹好马,等我长大了,一定也要拥有一匹这样的马。

我陪着那匹马站了好长时间,腿有些酸了,就走到墙根的那棵梧桐树下,地上有一群蚂蚁正在热火朝天地搬运食物。当时的我是一个动物爱好者,蹲下来仔细观察,只见一老两少三只蚂蚁表现得异常勇敢,爷仨面对一只肥硕的虫子,义无反顾地推啊扛啊拉啊举啊……

当我从地上站起来的时候,院子里空荡荡的,马车不见了。

舅舅慌慌张张地跑了出来,他没有责怪我,却狠狠地瞪了我一眼。舅舅说:"你朝西,我向东,快去找马……"

后面的话虽然没说完,但我觉得舅舅的声音结实得像钉子钉在了墙上一样。

我顺着油厂外面的柏油马路向西奔去,当时我惊慌失措的样子和心情无法用贴切的话语来表达,像一只被人追赶的蚂蚱,又像战场上追赶部队的伤兵。

我一边奔跑,一边搜寻,终于发现对面来了一辆马车。肯定是舅舅的马车! 我奋不顾身地冲到大路中间,身体伸展成一个"大"字,同时高喝道:"停车! 停车!"

赶马车老汉"吁"的一声,马车就停了下来。真是一匹听话的好马啊。

我上前说:"这是我舅舅家的——车,还给我们!"

流年·可是时光永不腐朽

老汉先是愣了一下,继而又笑着说:"小家伙,是认错人了还是认错马了? 看清楚了,这不是马,是驴子。"

我羞得满脸通红,撒腿又向西跑去。

不知道过了多长时间,终于跑不动了,我就在路边的草丛上坐下来,心里乱糟糟地想:也许,舅舅已经找到了马,拉着饼肥回家了;也许,舅舅的马已经被小偷藏到了家里,染成了其他的颜色……最终,我还是拖着沉重的步子往回走去。

来到县城的时候,已是万家灯火,油厂看大门的老者告诉我:"你舅舅啊,开始是漫天找马。后来不但没有找到马,也找不到小孩了。现在,他又漫天找你去了。"

听到了这个消息,我心里更是乱成了一团麻,我不知道我应该是去找马,还是去找舅舅。我就在县城的大街上漫无目的地走啊走啊,想啊想啊,最后,我做出了决定:反正已经闯了祸,回家吧。

就这样,一个十二岁的少年,穿过了县城的大街小巷,沿着一条弯弯的小河,吃了两块从路边田里扒来的甘薯,喝了三次河水,走了前前后后一百多里的路程,回到了家里。

第二天,太阳还没有出来的时候,舅舅就敲响了我家的大门。为了找我,舅舅跑了整整一夜。

至于那匹马,它带着马车,穿过几条街,拐过几道弯,绕过熙熙攘攘的人群,从南关来到了北关,又从北关回到了舅舅家里。这是舅舅告诉我的。

舅舅还说,那是一匹老马。

线装书

高 薇

　　我那时最喜欢到环环家去玩，多半是因为环环的奶奶。

　　环环奶奶中等偏高的个子，白净脸，喜欢笑，但笑起来从不出声，不像秋子和春子的奶奶、我的奶奶还有瑶瑶奶奶那样，一笑起来声音很响，还用一双粗糙的手相互捶着拍着对方的肩膀。

　　环环奶奶走路也不和其他小朋友的奶奶一样，总是轻悄悄地，像一阵微风，在你不知不觉间就从身边飘过去了。每当环环奶奶从人们身边飘过去，正在叽叽喳喳的老女人年轻女人们就会突然停止说话，望着环环奶奶挎着菜篮子渐渐远去的背影，呆上一小会儿，然后其中一个就会先打破沉静，说些不好听的话，有的就对着那个远去的背影撇嘴，或者啐上一口。如果我奶奶也在其中，一定会说："哼，看地主小姐那走路架势，一扭一扭的，一副勾人样！"

　　环环奶奶会讲故事，比在我们村最有学问的爷爷讲得还好。什么时候我们闹够了，疯够了，就到里屋找环环奶奶。环环奶奶赶紧将一本发黄的线装书找地方掖起来，样子有点儿慌张。我们把她拽出来，她就给我们讲故事，她的声音细细的，软软的，娓娓道来，常常让我们忘了时间，回去得很晚。

　　环环奶奶讲得最多的故事是《聊斋》。我们爱听，经常缠着她讲，但听了

之后又很害怕，一个个吓得不敢回家，赖在那里不走。看天色晚了，环环奶奶就柔声说："回吧，明天再来。"

我们听了之后就一齐扑上去说："那奶奶得送我们。"

环环奶奶笑着，开始挪动脚步。我们踏着细碎的星光，紧紧跟在坏坏奶奶身后，不时朝着幽远而浩瀚的天空望望，想象着天宫里的神仙姐姐和神仙哥哥的模样。周围静静的，偶尔听到一点响声，我们会呼啦一下，向环环奶奶身上扑过去。

环环奶奶特别喜欢我，虽然那时我还小，但我感觉得出。

有次，我们要回家时，我走在春子、秋子后面，就在她们刚刚跨出门我还在门里时，环环奶奶把一块塑料花纸包着的硬糖塞到了我的口袋里。我回到家时还含在嘴里，高兴地向奶奶显摆。我身材魁梧的奶奶立时给了我一巴掌，我一害怕，半块硬糖咽到肚子里了。

有次，我和环环还有秋子、春子在一起唱当时正流行的一首歌曲，现在忘记名字了。我们唱着唱着，声音越来越大，唱得兴奋了，就模仿村里文艺宣传队里演的小戏里的动作，手舞足蹈起来。不知何时，环环奶奶已经从里屋出来站在我们面前，她脸上带了怒容，声音一改原先的温柔，大声对我们说："别唱了，地主怎么了，地主的日子也是自己省吃俭用过起来的！"

我们吓得赶紧停止动作，噤了声，呆呆地望着环环奶奶。这是我们第一次看见环环奶奶生气，我们都非常害怕。看到我们害怕的样子，环环奶奶脸上的表情渐渐变得柔和了，轻轻叹了一口气，转过身又到里屋去了。

那是一个深秋的傍晚，我和爷爷从地里回来。一阵嘈杂的锣鼓声夹杂着热闹的喊叫声传来，只见一群激愤的年轻人押着几个戴了高帽的人朝我们这边走来，领头的是我那刚当上民兵连长的三叔。就在我还没弄清怎么回事时，爷爷已经冲到那群人面前，爷爷抓住三叔胸前的衣服往我这边走来，我吓得愣在那里。爷爷经过我身边时大吼一声说："快回家去！"

我害怕爷爷，但更想看热闹，跟在爷爷和三叔后面走了几步，就偷偷转身,迅速往热闹人群里钻去。我看到被押的几个人脑袋上都顶了一个高高的帽子,帽子上都写了大大的黑字。环环奶奶也在其中,她的帽子上写着"打倒地主婆",脖子上还挂了个木牌子。

我随在吵吵嚷嚷的人群里,听到有人说环环奶奶藏了本坏书,是写一个崔小姐偷男人的事。环环奶奶胸前的牌子上面写着"朱殿玉"三个字,中间那个字我不认识,就向旁边的一个大爷询问,大爷对我说了,我觉得这名字很特别,很好听。

大爷又接着说:"乡下女人谁会有名字啊,也只有生在地主家的小姐才会有这么好的名字,唉,可惜!"

我不知道大爷说的可惜是什么意思,但那时从一些小戏里和人们的谈论中知道地主是很坏很坏的,可环环奶奶那么好一个人,怎么会是地主呢?那是我第一次深深地思考这个问题。

我再也不到环环家玩了,妈妈不让我去,奶奶更不让。听说自从游街以后,环环奶奶就得了一种怪病,不久就死了。环环奶奶死后,埋在了去世二十多年的环环爷爷的坟里。

那天去看的人很多,奶奶说:"我才不去看那地主小姐!"说这话时脸上一副鄙视的神情。

那年冬天,爷爷也去世了。收拾爷爷遗物时,意外地发现爷爷也有一本发黄的线装书。奶奶停止了哭声,抓起来几下就撕碎了,扬手抛到院子里,就开始大哭起来。

流年·可是时光永不腐朽

太阳岛上

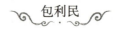

包利民

父亲那时每次喝完酒，都会感叹："在哈尔滨，最好的地方就是太阳岛了，全国都出名啊！"

那年我八岁，父亲一年中有大半年时间在工程队干活儿，走过很多地方。当时正流行郑绪岚演唱的《太阳岛上》，歌中唱道："明媚的夏日里天空多么晴朗/美丽的太阳岛多么令人神往/带着垂钓的鱼竿/带着露营的篷帐/我们来到了/太阳岛上/我们来到了/太阳岛上/小伙子背上六弦琴/姑娘们换好了游泳装……"不知勾起了多少人的向往。

于是在一次父亲喝酒后，我问他："你去过太阳岛吗？你咋知道那是哈尔滨最好的地方？"父亲便略低下头说："没去过，不过肯定是能去的！"那年父亲所在的工程队要去哈尔滨修江桥，他兴奋得无以复加，用力地拍着我的肩膀说："小子，这回你爹可真要去太阳岛喽！"

夏天的时候父亲写信回来，说过几天他们要放两天假，正好可以去太阳岛瞅瞅，还说远远地看那里，全是绿色，里边肯定要比歌中唱得还好。从那以后我日日盼着父亲的信，想听他讲讲太阳岛上的事。可是竟一直没有等到信来，也不知他去太阳岛没有。

秋天的时候，父亲回来了。我和姐姐都问他："你去太阳岛了吗？那上面好吗?"父亲就说:"当然去了,嘿,真是太好了!"我们就不依不饶地问:"那到底好在哪儿呢?"父亲也说不清楚,问他上面可有歌中说的弹琴的小伙子和穿泳装的姑娘,他说:"反正人挺多,干啥的都有!"我们就说:"你是不是没去啊,回来骗我们!"父亲急了,说:"咋没去? 那门票要五块钱一张呢!"说着从口袋里掏出一张纸来,在我们眼前晃了晃:"这就是门票!"我们看了一眼,上面果然写着"五元"的字样,还有一个红红的印章,没等细看,他就收回去了,说:"别让你们弄坏了,这可要留作纪念呢!"

自那以后,父亲每次喝酒之后,更是慨叹太阳岛的美,说得我们心中痒痒的,暗暗决定以后一定要亲自去看看。父亲也是常说:"等有机会我还要再去看看,这次要看得仔细些!"可是父亲终没有再等到机会,工程队那几年转而向大小兴安岭施工,再也不去省城了。后来父亲的一条腿被砸伤,不能再出去干活儿了,而我们的小村子离哈尔滨又极远,他再去太阳岛的梦想就一直没有实现。

后来,我去哈尔滨上学,到了那儿的第一件事就是去了一趟太阳岛。也许是期望过高,并没有想象中的美丽迷人,心中便有了失望。可是在给父亲的信中,我还是把太阳岛的风景描绘得天花乱坠。姐姐来省城看我,我们又去了一次太阳岛,并照了许多相片,姐姐说:"回去我一定给爸好好讲讲,他现在喝完酒还总念叨呢! 这么多年了,他一直都没忘!"我们相视一笑,心中却涌起一种异样的情绪。

那年暑假,我回到家,父亲一见我就用力地拍着我的肩膀,说:"小子,爸没骗你吧? 那太阳岛是不是很好?"我使劲儿点头。那天我陪父亲喝酒,话题总是不离太阳岛。父亲喝醉了,躺在炕上口中还不住地说着:"太阳岛,就是最好的地方!"

我和姐姐默默地看着酣睡的父亲,眼睛都有些发湿。当年我们就曾偷偷地翻出父亲那张太阳岛的门票,其实那是一张随地吐痰的罚款收据,父亲从没有去过太阳岛。

听赵瞎子说书

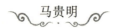

马贵明

雪,一片一片,飘飘悠悠,如鹅毛般大。

我伏在炕里的窗台边,手里拿着一分钱硬币,用嘴在硬币上哈一口气,然后摁在厚厚的玻璃霜上。一枚又一枚,一排又一排,当窗上的那两块大玻璃印满了"钱"的时候,我就一枚枚从头数起,这是一个八岁孩子的愉悦。

快晌午了,娘在外屋做饭,整个厨房雾气腾腾,娘在雾气里走来走去。灶下的杏树条正在燃烧,发出嘎巴嘎巴的脆响,并散出潮湿而清新的淡淡味道。味道和脆响从那宽大的门缝蹿进里屋来。

这时,爹回来了。他跺了跺脚上的雪,摘下狗皮帽子,在右手上打了打说:"赵瞎子来了。"

"是吗,几时开讲?"娘问。

"晚上六点。"

我把脸贴在间壁墙的玻璃上,看娘正一下下地往大铁锅边上贴苞米面大饼子。

爹进到里屋时,我问:"谁是赵瞎子?"

爹说:"你忘了?去年来讲书说故事的那个人。"

我好像有一点印象。

娘牵着我的手走进小队的磨房时，里边已有很多人，那个用大铁桶做的炉子几乎被烧红。棚顶的大梁下吊着一个很大的灯泡，贼亮，有些刺眼。娘寻一个粮食袋子坐下，我便莫名地欢快起来，绕着大炉子转来转去。

人越来越多，整个屋子都叽叽喳喳。爹在那个角落里抽着呛人的旱烟。

队长来了，带进一股子凉气和酒气。他身后跟着走进两个人，前面那个人用一根木棍牵着后面那个人，我想后面那个人该是赵瞎子。

屋里安静下来，我也乖乖地回到娘身边。

队长和赵瞎子在磨盘边的小桌后面坐了下来。

队长很威严地扫了一圈说："哎，今天赵师傅又来给大家说书了，说书之前我先说个事儿。"

队长讲什么事我没听，也不想听，队长讲得唾沫星子横飞，嘴边堆着两团白沫，很恶心人。我看赵瞎子，头发很亮，中间有个分界线，身上一件黑衣服，一点皱也没有，队长讲话时，他的头也是左右转动，好像也在看着大伙。他的面前放着一面小圆鼓、一根鼓槌、一块方木。

队长讲完了，说："大伙欢迎赵师傅讲书。"

磨房里噼里啪啦响满了掌声。

赵瞎子并没有马上讲，还是左右"瞅着"大伙儿。磨房安静极了。炉子里的柴火不时地发出脆响。

"讲啊！"后面不知谁喊了一句。

赵瞎子还是没有讲。大伙都盯着他。

又过了一会儿，赵瞎子手里举起方木"啪"的一声拍在小桌上说："现在是冬月初九下午六时一刻五秒，我给红河里公社八妙香大队第三生产队的贫下中农说书来了，我今天讲的是《侠义英雄传》。"

赵瞎子讲的是一个叫钟钢的人，武艺高强，独来独往，专门杀富济贫。从出生讲到拜师学艺，从练丹心功到杀死第一个恶霸。大伙听得一会儿唏嘘，一会儿喊好。他讲，这一天，已是午夜时分，漆黑漆黑的，伸手不见五指，

流年·可是时光永不腐朽

钟钢来到五里坡钱庄钱地主家准备要些钱粮,给那些穷苦百姓度年关。钟钢只身来到地主家高高的大墙外,只见他轻轻一踮脚便飞身上了墙。钟钢在墙上巡视一圈未发现动静,便跳到了院子里,他脚刚一着地,周边立刻亮起了灯笼火把,满院子的人把他团团围住,钟钢愣了。这时,赵瞎子把小方木往桌上"啪"一拍说:"欲知详情如何,明天接着说。"

"讲啊!讲啊!"大家都没听够,都不散去。

队长说:"好啦,好啦,那就让赵师傅明天再讲一天。"

第二天,我早早地嚷着娘去磨房占地方。赵瞎子又讲到关键的时候"啪"地拍响了方木。大家还不放人,队长决定再讲一天。

赵瞎子到哪儿讲书,都是生产队安排到谁家吃饭。因为饭后赵瞎子都会再讲上一段,所以家家都抢着让他去吃派饭。

每天听完赵瞎子说书,我都缠着娘问:"钟钢后来怎么样了?"

娘说:"我怎么会知道,等赵瞎子讲吧。"

赵瞎子讲书的第二天晚上,娘对爹说:"明天让赵瞎子到咱家住吧,孩子没听够呢。"

爹说:"等我问问三福子。"

三福子就是小队长,我的一个远房表叔。

第三天中午,爹气冲冲地跟娘说:"三福子真牛,说他早答应别人了。"

娘说:"那就算了吧。"

晚上听完书回家,我问娘:"赵瞎子明天还讲吗?"

娘说:"不讲了。"

我说:"那钟钢到底怎么样了?"

娘说:"我怎么能知道?只有赵瞎子知道。"

我说:"我还想听呢,让他再给咱们讲一天呗。"

娘说:"谁给他拿钱?一天要给十二块呢!"

我说:"我就想听,就叫赵瞎子来。"

说着嘤嘤地哭开了。

娘说："哭什么？明年赵瞎子还会来的。"

我说："不，就不。"

我哭着哭着就在娘的被窝里睡着了。

我睁开眼睛的时候，天已大亮，爹和娘正在外屋说话。

娘说："你把豆种都给了他，我们拿什么种地？"

爹说："再说吧，谁叫孩子爱听呢。"

娘说："十斤豆种加四十斤土豆也不抵十二块呢？"

爹说："赵瞎子也挺通情达理，同意了。"

我听明白了，是爹用自家的十斤豆种和四十斤土豆又把赵瞎子留了一天。

我问爹："赵瞎子不走了？"

爹笑了笑说："再说一天呢。"

于是，我又在磨房度过了欢快的一天。

赵瞎子走的时候，天空还飘着大雪。我追出十里山路，看见茫茫大雪里，两个黑影正吃力地走着。那是赵瞎子和他的引路人。我追上他们时，赵瞎子很吃惊的样子问我："干什么？"

我大口地喘着气问："赵瞎子，钟钢到底怎么样了？"

赵瞎子笑着拍拍我的头说："孩子，他的故事怎么能说完呢，人生的故事是说不完的。回去吧，明年我还来给你讲。"

赵瞎子走了，我站在路边一直望着他们走进风雪里。

后来，我听娘说，赵瞎子没有要我家的十斤豆种和四十斤土豆。

二哥请我吃过一顿饭

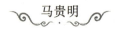
马贵明

八月，阳光热辣又刺眼。窄窄的山路很长，长得看不到尽头。

二哥说："累了吧？"

我说："还行。"

二哥说："还行，就是有点儿累，咱们歇会儿吧。"

我说："那就歇会儿。"

于是，我们两个人在一个小分界岭上寻了块儿石头，坐了下来。

二哥问："你还有多少天开学？"

我算了算说："还有十七天。"

二哥问："你学得咋样？"

我说："都是一百分。"

二哥说："坟茔地的地气都叫大爷占了。"

二哥说的大爷是我的爷爷。

二哥是中午到我家的。那时我们全家正围在饭桌前喝苞米面糊。我吃第二碗时，二哥说："下午跟我走吧，我给你做大米干饭，炒粉条子。"二哥住在乡下。我瞅了瞅他没言语。娘说："孩子就乐意吃大米干饭炒粉条子。"娘问我："去吗？"我寻思了半天也不知道去不去。娘说："去吧，二哥又不是生人。"

二哥，是我的一个堂哥，一年前跟邻居闹纠纷，腿被打断了，在我们家住了两个月。因为我怕生人，住久了，二哥也就算不得生人了。

我们上路了，是娘决定的。二哥说："不坐车了，走着去，一会儿就到了。"

使我下决心去的最大诱惑是大米干饭、炒粉条。二哥许愿，粉条管够，并且炫耀说，小队里的粉房就在他家门前，一大水瓢碎粉记一个工分。走时，娘把我的书包倒了出来，又给我一元钱，说："到商店里买点儿沙果，第一次到人家不好空着手。"娘把我送到胡同口，对我说："注意点儿呀。"注意什么，我也不知道。娘又对二哥说："晚上叫他一下，别尿了炕。"我有个顶坏的毛病，十多岁了还经常尿炕。

在十字街派出所对面的商店里，有一排专卖水果的柜台。一个个大木方盘一字儿在里边排开。方盘里面放着水果，方盘后侧立着一排镜子，水果映在镜子里非常好看。水果柜台里好像除了沙果没有别的。

我问营业员："沙果多少钱一斤？"

"一毛三（一角三分钱）。"

我算了算说："买五斤。"

娘说了，自己回来时要坐车，车费是三毛。

营业员转身用秤盘去称沙果，我就把书包张开等着。书包很漂亮，草绿色的，是大姐用过的，上面有五个鲜红色的字：为人民服务。这五个字是读中学的大姐去果松川拉练时用红线绣的，绣时用了很多线，用剪子铰了，毛茸茸的，看起来十分立体。

一秤盘沙果轰隆隆倒进了我的书包，有两个滚到了地上，二哥急忙哈腰去捡了。我把一元钱递了去，营业员找给我三毛五。

走出商店时，二哥把刚才从地上捡起的两个沙果在裤子上蹭了两下，放在嘴里吃了。二哥叫我也吃，我没吃。因为我觉得沙果不是我的，是买给二

哥的。

没走多远，二哥把手伸进我背的书包，掏出几个沙果，递给我两个，说："吃吧，味儿挺好的。"我吃了，果然酸甜。

一路走来，二哥的手不断地伸向我背上的书包，我记住了，他总计吃了三十四个沙果，而我只吃了四个，我不舍得吃。二哥的手每伸向书包一次，我的心就缩紧一次，书包在一点点儿地瘪下去。我害怕等到了二哥家，书包里的沙果没有多少了，二嫂会笑话我才买这么点儿东西。

二哥没有再吃，我们坐在分界岭上休息的半个多小时里，他的手竟没伸向书包。

"还有多远？"我望着炎炎的太阳和长长的山路问二哥。

"不远啦。"

"不远是多远？"

"一会儿就到了。"

"你刚才说一会儿就到，可已经走了两个多小时。"

二哥露出大黄牙，嘿嘿地笑了笑说："累了是吧？"

到二哥家时，太阳完全下山了。进院之前，二哥指了指前院说："你看到没有，小队的粉房。"我看见，那个大院子里挂满了正在晾晒的粉条，我的胃部突然加快了蠕动。

二哥叫二嫂去粉房买一瓢碎粉（那种刚漏出来没有晾晒的短粉条）回来做大米干饭。

我看见二哥的院子里有一棵沙果树，有几个沙果正鲜红地挂在上面。

可能走得太累了，我躺在炕上不久就睡着了。当我被叫醒时，我立刻就闻到了炒粉条那种香味儿，桌上已摆上了雪白雪白的几碗米饭和两大盘子粉条。

"吃吧。"二哥说。

"吃吧。"二嫂说。

"城里人苦咧。"二哥说。

"城里人苦咧。"二嫂说。

"粮咋能不够吃咧?"二哥说。

"粮咋能不够吃咧?"二嫂说。

那天晚上我吃了两大碗米饭和一大盘子炒粉条。吃完以后我很满足地用袖头擦了擦嘴。

那天走了多远的路程,我不知道。长大以后,我才知道那是十五公里。那一年,我十二岁,是我平生第一次离开爹娘。

奶奶的荣耀

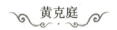

黄克庭

暮秋时节，太阳还没有下山，寒气就开始逼人。

在那闹饥荒的年代，人们为了减少消耗，都早早地关门上床睡觉。我家也不例外。

那天，天还没有擦黑，我家就已经关了门，熄了灯，全家八口人都已上床睡觉。

突然，响起了"咣当咣当"的敲门声。

"大姨娘……开开门，开开门……大姨娘……"

全家人都听到了。全家人都知道是朱其福来了。

朱其福是我奶奶的妹妹的儿子，年纪还不满十六岁，住在离我家约六十里外的一个小山村里。五个月前，他的父母因饥荒而病倒，不久相继离开人世，朱其福成了孤儿。由于他生来体质虚弱，劳动能力差，每天所挣的工分只有其他成年人的四分之一，因此，他分到的口粮就比别人少四分之三。

朱其福又来叫门了，大家都知道他是来讨吃的。

这一次，我家人全部铁了心，不管他怎么叫喊，怎么敲门，都当作没有听见，谁也没有起床去开门。

直到半夜时分，持续了三个时辰的叫门声终于停止了。

既然人家有意回避你，你也该有自知之明——回去吧。

没有敲门声了，全家人终于舒了一口气，静悄悄地各自睡觉。

第二天早上，我奶奶打开大门时，吓了一大跳！

天哪！朱其福根本没有走，还坐在大门外的门槛上，只是他已不再叫喊了。因为他实在是叫累了，也知道叫喊不管用。

奶奶流下了大股眼泪，用手捧起朱其福那双冰凉的手，默默地把他领到了家里。

奶奶让朱其福坐到客厅里，先给他一碗热水喝，然后流着眼泪，狠了狠心，到米缸里取米，给他烧饭。

米缸里一共只剩下两斤三两大米。米缸里有一只用竹筒做成的量筒，平口装满，里面的大米正好是一斤。奶奶一把一把地从米缸里抓米，把抓来的米放进竹筒里量。

奶奶每抓一把米似乎都抓了一把自己的心——毕竟这点儿米是全家八口人的口粮啊！奶奶取米的手就越来越沉重。看看米缸，又看看竹筒，奶奶有些舍不得，把竹筒里的一部分米放回米缸里。再看看竹筒，奶奶又觉得米太少了，又从米缸里抓米……

如此，反反复复折腾了五六次，最后奶奶终于果断地取出了一斤大米，烧成饭，给朱其福吃。

第一碗饭是奶奶亲自送到朱其福手里的，桌上的菜只有两盘，一盘是咸萝卜，一盘是霉干菜。

奶奶告诉朱其福："家里人都很忙，没有人陪你吃饭。饭你自己去盛，别客气，吃饱为止。"

结果，一斤米烧出来的米饭全部被朱其福吃光了——饭锅一干二净，干净得连锅也不必洗了。

那天，朱其福跪在我奶奶面前拜了三拜，才离开我家。

临别前，朱其福对我奶奶说："吃过这顿大米饭，死也甘心了。"

朱其福回去后不到十天，就传来了他被饿死的消息。

噩耗传来，奶奶大哭了一场。然而，奶奶并不是很伤悲。

后来，奶奶就经常说："幸好那天让其福吃了一斤米的饭。否则，以后死了如何去见妹妹啊！"

二十年后，奶奶病危。

回光返照之时，奶奶拉着爸爸的手说："娘这辈子很普通，没有做过让别人能说好的事。然而，让我自己很欣慰的事是有的，那就是给其福吃了一斤米的饭。"

奶奶临终前告诫爸爸，在自己十分困难的时候，要多想想比自己更困难的人。

如果奶奶还健在，今年应该有一百岁了。虽然她老人家离开人世已经三十年，村里人却没有忘记她。今年，富起来的乡亲们决定修一部村志。经过群众推荐，村委会研究决定，首部村志将收录我奶奶的故事。这是奶奶的荣耀，也是我们的荣耀。

前两天，村主任把村志的初稿送给我看，我才知道奶奶的故事。

在这部村志的初稿里，记述了我奶奶"给其福烧一斤米的饭"和"让亲生儿子辍学，供养子上大学"的事迹。

据我叔叔说，读书成绩一直都是我爸爸好，可是奶奶就是不支持爸爸读完小学。

做了一辈子农民的爸爸，提起奶奶总是一脸的自豪。

看 见

蒋　寒

那是个到处闪着萤火虫之光的夏夜，天上的星星还眨巴着眼睛，我在睡梦中被摇醒，迷迷瞪瞪一看，是二哥。

二哥说："老幺，跟我走。"我二话没说，就跟他走。

整个大院都熟睡了，月亮悬挂当空，四周黑乎乎一片。二哥打着手电在前面走，我迷迷瞪瞪地在后面跟。走在起露的田埂上，凉风一吹，我有些清醒了，问二哥："带我去哪里？"

"六大队。"

六大队就是大垭口背后的邻村，五六里路。那时不叫村，叫大队。黑灯瞎火的，还要穿过晒坝，路过古坟，途经雪山寺，翻越大垭口……想想腿肚子都打战，我驻足说："我害怕，不去了。"

二哥回头，一把拉走我："嘿，都走到半路了，走吧！"

我怕他，他是操过扁挂（练过武术）的。我说："去干啥？"

二哥说："到了那里，有一个人会让你看他的手心，不管你看没看到什么，你都说看到了。"

"看到啥子了？"

"他让你看到啥子，你就说看到了啥子。"

路过古坟时,我全身汗毛都立了起来。深一脚浅一脚,跟着二哥晃动的手电,我咬着牙齿朝前滚着。我非常害怕,我哪儿都不敢看。

每一声蛙叫或虫鸣,都吓出我一身冷汗。翻过大垭口,穿过陈家湾,蹚过深沟,我问:"快到了吧?"

"过了马路,就到了。"

走了近一个钟头,我们来到一户人家。屋内灯火通明,已经挤满了人,貌似专等我们的到来,才鸣锣开戏。一个四十多岁的黑脸汉子跟二哥打了招呼,扫了我一眼,开口对那家的男主人说:"老许,人来了,我们这就开始吧。"

老许说:"辛苦管师傅了,抓住偷猪的贼娃子,我一定重谢!"

满屋子人敛神屏气,目光虔诚地看着黑脸汉子,只见他闭目面朝大门,一阵手舞足蹈,然后转身朝左手吐了一口唾沫,右手食指将唾沫画了一个方形,睁开眼对我说:"来吧。"

我被二哥推到他的面前,头被按向他手心,闻到了唾沫在他手中发出的

臭味,我感到只想吐。二哥的手很有力,我只好忍着,两眼完全贴在了方形上。

黑脸汉子说话了:"小兄弟,你是不是看到眼前有一个亮框?"

除了眼冒金花,啥子都没有啊!我说:"没看到。"

黑脸汉子提示:"就像小电影一样的方框。"

何为小电影?那年头看场露天电影就好比过年,更没见过电视。我实在没看到啥子影,就说:"没看到。"

二哥一把就将我的头掀了起来,看得出,他满脸失望。

黑脸汉子疑惑地问他:"你兄弟不是童子?"

这时我身后有叹息声:"十岁就不是童子了,可惜。据说只有童子才能看到那小电影。"

二哥狠狠地看了我一眼,责备道:"老幺,你怎么回事?"

我这才意识到他一路上的交代,想重新看。晚了,只见一个比我个头矮小的男孩被他家大人带来了。重新鸣锣开戏。

男孩的两眼已贴在黑脸汉子散发着唾沫臭味的手心。神奇的是,黑脸汉子问他是否看到亮框,他竟然看到了。

人群中马上响起了唏嘘:"是个童子。"

"你看到是不是有条沟?"黑脸汉子提示。

"看到了。"男孩说。

"沟上有个单家独户,西侧有个猪圈?"

"看到了。"

"看没看到一个中年汉子朝猪圈走去,他去干什么?"

"看到了。他翻进了猪圈,他在用绳子套猪,牵出来了。"

"往哪儿走的?"

"往梁子后面去了。"

……太神奇了。老许脸上几乎放出了异彩。原来,他家一只肥猪几天前被盗,正请黑脸汉子破案呢!

由于偷猪贼翻过梁子就不见了,中途休息。只听老许一声招呼:"屋头的,酒菜端上来,请管师傅他们消夜。"喷香的酒菜,立刻引起一片饥肠辘辘声。只见黑脸汉子、男孩以及他家大人坐上了桌……

二哥一把将我拽出了门,生气地说:"走,回家去。"我彻底明白了,坐上那桌享受酒菜的应该是他。

二哥一生贪酒,最终也为酒付出了惨痛代价。那家的猪找没找到,不知道。反正为了那一顿酒,二哥记恨了我一辈子。

寻隐者不遇

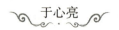

于心亮

我顶着一脑袋阳光,身后拖着小黑狗般的影子,去寻张孩,原本说好,我俩要一起去捉鱼。豆大的汗珠子蝉猴一样从我身上钻出来,我想在和张孩捉鱼之前,先去张蛤蟆的瓜地里摘个西瓜解解渴,张蛤蟆还欠着我和张孩两个瓜呢!

我拍张孩家的门。门里的狗就叫起来。我喊:"叫什么叫,听不出我是谁吗?"

狗不叫了,张孩的妈却叫起来:"哪个王八蛋在拍门?"

我喊："我拍门，张蛋蛋，找张孩！"

张孩的妈说："张蛋蛋，你找张孩干啥？"

我说："找张孩去捉鱼。"

张孩被我喊出来了，气势汹汹地拉我走，说："张蛋蛋你个笨蛋，难道你不会说找我请教数学难题吗？"

我说："凭啥要我请教你数学难题，你只不过比我高两分，有什么值得请教的，别忘了你语文还比我低两分呢！"

张孩举手说："好好好，你厉害行了吧？咱们捉鱼去！"

我说："捉鱼之前，咱们先去张蛤蟆的瓜地里摘个瓜吃吧！"

张孩就说："好。"

结果张蛤蟆却不在。我们东瞧瞧西望望，也没瞧见张蛤蟆。他去哪儿了？我们就坐在瓜棚里等，等来等去，等来一个人，朝着我们招手："小孩，买瓜！"

张孩朝他摆手："自己挑，拣合适的，太大吃不了浪费！"

那人就挨个拍瓜。

我看了一会儿看不下去，就过去说："还是我帮你挑吧，一看你就外行，挑瓜应该像我这样，明白吧？"

那人吃完了瓜，掏出一百块钱，我说："找不开，你这不是难为人吗？"

那人于是就很犯愁，说："这怎么办呢？"

我朝他挥挥手，说："算我请你了，走吧。"

那人笑着说："等我办完事，一定把零钱捎回来，你放心！"

我说："放心放心，你走吧。"

回头我跟张孩说："张蛤蟆现在欠咱们一个瓜了。"

张孩说："行啊。要不，咱们先挑一个吃，等他回来，跟他说一声就行了。"

我说："那可不行。"

张孩说："有啥不行的?"

我说："不行就是不行。"

张孩气呼呼地说："原先那个瓜算你的,剩下这个瓜算我的,我请你吃瓜总行了吧。"

我说："那也不行,你请我我也不吃!"

张孩就跳进瓜地里挑瓜,他说："你不吃拉倒,我自己吃!"

这时候走过来一个女人,身上背个孩子,看上去很热。女人问张孩："有水吧? 我喝碗水行吧?"

张孩说："这满地的瓜你不吃,为啥要喝水呢?"

女人就露出尴尬的笑,她说："我们不吃瓜,只喝点儿水。"

背上的孩子就说："我要吃瓜,我要吃瓜!"

那女人就哄孩子,说："乖,咱不吃瓜,瓜不甜。"

张孩生气地瞪女人："你凭啥说瓜不甜,我的瓜沙瓤的,能甜掉牙!"

女人朝张孩挤眼睛。张孩说："你就算把眼珠子挤出来,我也要说我的瓜能甜掉牙!"

女人说："你这孩子,我不……不是没钱嘛!"

张孩说："没钱你就说没钱,凭啥说我的瓜不甜呢? 真是的!"

张孩就摘了一个瓜,砍成几瓣儿,说："不要你钱,我就让你尝尝,看看瓜到底甜不甜!"

女人红着脸,说："钱我一定会还的。"

张孩说："钱的事先别说,你先说我的瓜甜不甜吧!"

女人就吃瓜,说："甜,甜,的确是甜!"

张孩满意地笑了,说："甜就好!"

回头张孩跟我说："张蛤蟆现在不欠咱们瓜了。"

我说："行啊。"

又等了一会儿,终于等来了张蛤蟆。他说："你们肯定想吃瓜,我还欠你们两个瓜呢！"

我和张孩看着张蛤蟆笑。张蛤蟆也笑，说："你们等着，我给你们摘瓜去。"

我说："不用了，我们已经吃过了。"

张孩也说："是啊，我们吃过了，你看瓜皮还在那儿呢！"

说完了，我和张孩就离开瓜地，一起去捉鱼。

小河里鱼不少，我们捉了鲫鱼、车鱼、鲢鱼、鲶鱼、泥鳅……

后来，我们看到张蛤蟆站在河岸上命令我们上岸。我和张孩就湿呱呱地站到他面前。张蛤蟆严肃地看着我们，说："你们小小年纪，胆子不小，竟然学会说谎了！"

瓜棚里，放着两份钱。张蛤蟆说："人家把钱都送回来了，你们做的好事，我其实都知道啦！"

张蛤蟆笑着去摘瓜："我说你们成绩好，就请你们吃瓜，说过的话一定要算数！不过在吃瓜之前，我要听你们背首诗。"

于是我和张孩就背《寻隐者不遇》："松下问童子，言师采药去。只在此山中，云深不知处。"

张蛤蟆很满意。他切好了瓜，却还不忘叮嘱说："捉鱼切记莫到深水去，你们写完作业，要是闲着没事，就来帮我照看下瓜地。赶明儿，老师还要去找上头，领导们总是忙，我就不信总是遇不见……"

我和张孩埋着头，小猪一样啃着瓜，我们说："瓜真甜！"

张蛤蟆点着头，朝我们笑。

流年·可是时光永不腐朽

你找梁羽生算账去

墨 村

"你别找我,你找梁羽生算账去!"我爹说。

村主任想不到我爹平日里木讷寡言、胆小怕事,这会儿竟敢顶撞他。村主任说:"是你儿子打了我儿子,我咋去找梁羽生?"

我爹说:"这还不明白,要没有梁羽生,也就没有这本书;没有了这本书,我儿子就不会犯贱;我儿子不犯贱,就不会打了你儿子。你说,你不找梁羽生,你还能找谁去?"

村主任结巴了："我,我知道谁是梁羽生?那那那梁羽生是哪村的?"

我爹说:"香港,书上写着香港梁羽生嘛。"

狗蛋糊着一脸血痂说:"是香港,就是香港梁羽生。"

村主任白了狗蛋一眼,对我爹说:"香港香港,那是英国佬霸占的地方,你让我咋去?"

我爹说:"这我不管,也管不着,你是村主任嘛,你村主任去不了,咱平头百姓更去不了。"

争吵声引来了村人的围观,有人小声嘀咕:狗蛋骚情哩,想欺负来娃,让书呆子揍了。

村主任的脸白了白,愣怔半晌,不再坚持了。他给自己找了个台阶下,说:"好啊,好啊,我找着了香港梁羽生,让他赔我一大笔钱,眼气(羡慕)死你!"

村主任拉上狗蛋气咻咻地走了。我爹朝我挤挤眼,无声地笑了。

这是二十年前的事了。二十年前,我大约十五岁。十五岁是个惹事的年龄。

就在那个时候,城里的表哥送了我一本《七剑下天山》,我爹和我争着看……秋高气爽的季节,我把那本书看了不下十遍,直看得天昏地暗路不平,满脑子都是飞沙走石惊天地、刀光剑影生死场,心里便极想做一个顶天立地的大英雄。

老师说我毁了,我爹说我迷了,村人说我傻了,看闲书看成书呆子了。

我懒得和他们一般见识,整日做着我的英雄梦。

村里的狗蛋和我一般大,仗着他爹是村主任,总是欺负邻居哑巴叔的闺女来娃。

来娃十三岁,长得花一样水灵。

那天傍黑,来娃去村头麦场上揽柴,一直跟踪于后的狗蛋猛扑上去,从背后一把搂住了来娃,把来娃捺在了柴窝里。来娃又踢又咬。

流年·可是时光永不腐朽

我正好挎着一筐猪草路过，看了个正着，身上的血一下子就冲上了脑门。我不敢得罪村主任，可又想救来娃，就在我急得团团转时，掖在裤腰里的《七剑下天山》硌了一下我的腰。我灵机一动，扔了筐，纵身一个漂亮的飞跃，冲上前去，一把揪住了狗蛋的衣领，挥舞拳头砸在了他的蒜头鼻子上。

我瞪大眼睛说："大胆狂徒，我是大侠凌未风。"

狗娃满嘴鲜血，斥责我："滚，关你屁事，你打我？"

我继续装疯卖傻："我是大侠凌未风，我要行侠仗义，除暴安良！"

狗蛋说："滚你妈的蛋，啥球凌大侠！"

我直着眼睛也不答话，一招"黑虎掏心"揍了他一个懒狗晒蛋。

狗蛋憋了半天气，忽然哇的一声大哭起来，大叫着"你是疯子，疯子"，落荒而逃。

我目送狗蛋远去，依然摆着那个骑马蹲裆式不动。来娃拉了我一下，我才回过神来。

来娃怕我挨爹的揍，把事情经过告诉了我爹。我爹看看我，没有吭声。后来，村主任拉着狗蛋来了，就和我爹发生了争吵……

这场风波虽然后来不了了之，可我爹的那句经典对白，竟在我们涅阳西南乡广为流传。人们遇上了烦心事，脱口就会精简地套用我爹的那句经典："别找我，你找梁羽生去！"

若干年后上了大学的我，甚至怀疑流行城市的那句"别理我，烦着呢"，就是抄袭了我爹的那句话。我要感谢梁先生，是梁先生让木讷寡言的我爹成了幽默名人。

宁静的夜

田 杕

　　月光透过窗帘的缝隙溜了进来，还长着脚，在那面雪白雪白的墙上，极慢极慢地蠕动着。她有些痛恨四周这雪白的墙，又高又冷，压弯了爸妈的腰，还把他们赶离家乡，一直赶到遥远的南方。原来那些又矮又黑的墙多好啊！那时候，家是小的，却是暖的，爸妈的气息满满的。她似乎闻到了爸妈干活儿回来时浑身的汗臭味，听到了爸妈偶尔对自己和弟弟气急败坏的责骂声。她甜甜地笑了。

　　不知怎的，今天晚上，她翻来覆去就是睡不着。也许是因为下午的家长会吧。

　　是弟弟小海的家长会，他刚上一年级，第一次开家长会。教室里坐满了人，绝大多数是爷爷奶奶。会开始了，老师环视了一下教室，然后走到她身边说："这位小同学，请你赶紧出去。我们这是在开家长会呢。哎，杨小海的家长怎么没来呢？"

　　她的脸腾地红了，很不好意思地站起来说："老师，我叫杨小玲，是杨小海的姐姐，我就是杨小海的家长。"

　　哄的一声，满教室的家长都笑了。老师也笑了："哦，那就请坐吧。原来你就是杨小玲，就是那个自己给自己开家长会的杨小玲啊！"

在家长会上，老师还跟家长们说："看看人家杨小玲，又当姐姐又当妈妈，还是班长，学习还是第一名，咱班的孩子都应当向人家学习。"

想到这里，她美美地笑了。

小海睡得很香，都打呼噜了。他睡觉很不老实，半边膀子露在外面，两条腿也露在外面。她赶紧爬过去，给他盖好被子。这时，她看到了那部电话机，它在弟弟身边的那张小炕桌上，静每次打电话，都是妈妈在那头哭，自己和弟弟在这头哭。她从未主动给妈妈打过电话。因为临走时，妈妈嘱咐过她没事别打，电话费贵着呢。不过，这样一来，电信局可就赔大发了。她又笑了，好像自己占了什么便宜。

"嘎、嘎……"一串短促的声音从外面传来，是夜猫子叫。她讨厌夜猫子，害怕夜猫子的叫声，真难听，而且爸妈说夜猫子叫是要死人的。她心中一凛，不由地将身子向小海那边挪了挪。

"扑棱棱"，窗外传来一阵沉闷的空气震动的声音。这回她没害怕。她知道是那几只鸡从那棵老槐树上飞了下来。她总共养了七只鸡，一只公鸡，其余的都是母鸡。晚上，它们都睡在院子里的那棵老槐树上，刚才可能是受到惊吓了。会不会是夜猫子吓着它们了？那棵老槐树有年头了，听爸爸说比他的年龄都要大。这两年，鸡可立大功了。很多时候，家里的油盐酱醋这些日常支出，就落在它们的身上。

那片瘦小的月光还在一寸一寸地移动。她还是一点儿睡意都没有，脑袋清醒得就像这秋天的节气。离中秋节还有不到一个月了。爸妈会不会回来呢？要是回来该多好啊！该多热闹啊！家里已经冷清了太久了。要是他们不回来呢？前年不就没回来吗？她的心不由一紧，但转念一想，却又释然了：不回来就不回来吧，回来一次，高兴一场，哭一场，盼望十来天，失落十来天，也够折腾人的。但她心底还是希望爸妈回来的，这一点她也很清楚。

又听到了"咕咚"一声，似乎就在院子里。她打了一个激灵，坐了起来。莫非是偷鸡贼？她伸手就想去拽墙上的那根绳子。手到中途却停住了。她将窗帘掀开一条缝。院子里什么都没有，安静极了：鸡都在树上，铁铸的一般，睡得正香；月光像一袭洁白的婚纱，朦胧了整个世界；墙角的那簇月季，开得像火一样旺。她的鼻翼不由自主地翕动，捕捉到了花的香气，真好闻！她又笑了：是自己吓了自己一跳。

那根绳子的另一端，固定在邻居王大伯家的墙上，上面拴着一个铃铛。是爸妈临出去前装上的。那天，还专门请王大伯一家喝了一场酒。爸爸都喝醉了。

她还是没有一点儿睡意，清醒得要命。她思量了一会儿，站起来，将窗帘全部拉开。清冽的月光顿时倾泻进来，铺满了整盘炕，占领了大半个屋子。然后，她下了炕，打开大衣橱的门，找出了妈妈的一件衬衣。

回到炕上，她怀里抱着妈妈的衬衣，胡乱想着心事，终于睡着了。她的嘴角微微上翘，是在笑，笑得非常甜美。她是做梦了，梦见自己睡在妈妈温暖的怀抱里……

父亲的味道

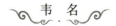

韦 名

"向阳,向阳,一心向着红太阳!"在向阳镇,这是稍有政治觉悟的人每天挂在嘴边的话——那时候,向阳镇每个人的政治觉悟都很高。

长到八岁,身高却不足一米的小向阳不懂啥叫一心向着红太阳,只知道每天肚子饿。向阳家人口多,劳动力少,夏秋两季生产队按工分计粮食,只分回可怜的一点儿。粮食不够吃,向阳一家三餐只能吃稀得照见人影的粥水。尽管这样,还得寅吃卯粮。

"大州家晚晚有干饭吃!"一群妇女在闲聊,有人说村东头的大州家劳动力多,每回分粮食一担一担挑个没完,粮食多了,每天晚上都有干饭吃。妇女们说大州家每晚吃干饭的时候,先是羡慕,而后是嫉妒,最后变成了仇恨。

听妇女们说大州家每天晚上吃干饭的时候,向阳正把中午吃的粥水化成最后一泡尿。肚子空了,眼睛绿了,看到石头都当成了包子。

"我去小叔家!"向阳回家告诉了母亲一声,就朝村东头走去。大州是向阳的小叔,尽管平时吝啬,打小就没给他留下什么好印象,但那干饭的诱惑还是让向阳的脚停不下来。

从下午两点多,向阳就赖在小叔家,就像一块橡皮泥,小叔几次皱眉头,催促向阳出去玩,向阳不为所动,边和堂弟玩,边瞄小叔家厨房的动静。

三点多,四点多……时间过得真是慢啊!向阳瞄了无数次小叔家的厨房,小叔催促了向阳无数次。

五点多了,村东头的炊烟次第升起,向阳莫名地兴奋起来。

"阿阳啊,回去了!"几乎家家户户都烧火做饭了,小叔不再催促向阳出去玩,而是直接撵他回家。

"……"向阳不作声。

"阿阳,我们今晚不煮干饭,煮粥。"小叔似乎看透了向阳的心思。

"粥?!"向阳像触了电一样,霍地站了起来,"吃粥我才不在你们家吃!"

向阳说完噙着泪水离开了小叔家。

"小阳,你到你小叔家吃饭了?"向阳磨蹭了很久才回到家,到家时,一家人已吃完了,妈妈故意说,"咱家今晚没煮你的粥哦!"

"哇"地一声,一路磨蹭、委屈至极的向阳终于忍不住大哭起来。

这时,妈妈端出了一盆粥,还有不知从哪里来的半碗干饭:"孩子,别哭了,吃吧!"

看到那小半碗干饭,向阳马上止住了哭,两口就把饭扒进了肚子……这是向阳长这么大以来吃到的最好吃的饭。

妈妈却在一边偷偷抹眼泪。

父亲听说了向阳到小叔家蹭饭的事,回家看着瘦弱的小向阳,久久不语。后来,父亲便在向阳学校放假时,带向阳到食品站住几天——父亲是向阳镇食品站的厨工。在食品站,父亲人老实,没文化,干的又是厨工这种下等活儿,很多人瞧不起他。到了食品站,向阳是子随父贱,很多人不待见他,把他当小猫小狗呵斥。站长的儿子周波和向阳年龄相仿,长得白白胖胖,个头高出向阳一大截。没人玩时,周波既要来找向阳玩,又瞧不起向阳是个乡下崽。

那天,向阳和周波因一件小事争执起来,恼羞成怒的周波猛地一拳把向阳打得鼻血直流,受了欺负的向阳血也没擦就和周波打起来……打架的后

流年·可是时光永不腐朽

果是父亲一遍又一遍地向站长赔礼道歉——尽管是周波先动的手,尽管周波根本没受什么伤,瘦弱的向阳吃了大亏。父亲向站长承诺,当天就把向阳带回家,以后再也不带他来食品站了。

那天中午,父亲把自己那份饭几乎全给了向阳吃。吃完饭后,父亲推出一辆浑身都响就是铃不响的二八永久牌自行车,极不情愿地带着向阳回家。

回到家,父亲帮向阳敷额头上被周波打出的包,默默流泪。

"叫你不要生事,你偏要生事。今晚食堂包饺子,你一生事,就得回家来。"敷了头后,父亲忽然唠叨起来——看出来,父亲是多么不舍得带向阳回家!

一听到饺子,就像以前听到小叔家有干饭吃一样,向阳的馋劲又来了:"吃饺子?!"

"是啊! 你不回来就有饺子吃了。"父亲一脸可惜。

"我要去吃!"

"不能去了,不能去了!"

"我要去,我要吃饺子!"向阳坚决要去食品站……

最终,父亲又用那辆浑身都响就是铃不响的永久牌自行车带着向阳到食品站。远远看见食品站的大门,父亲就让向阳下车,并告诫向阳,不要进食品站大门。

就像那次在小叔家等干饭一样,在食品站的大门外菜地里,向阳一边玩土坷垃,一边瞄着食堂——食堂离得太远了,啥也看不到,向阳只好坐等炊烟起……袅袅炊烟终于起来了,向阳聚精会神地看着,炊烟一会儿变成了油渍渍的肉馅,一会儿又是在锅里翻滚的圆鼓鼓的饺子……冬日的太阳短,向阳还没分辨出锅里的饺子滚了几回,是否熟了,炊烟就在黑暗中消失了。看不见炊烟,没了想象,向阳夸张地动了动鼻子,想闻一闻饺子的味道,可闻到的都是菜地里刚浇过的粪水味。

天完全暗了下来,看不到炊烟,闻不到香味的向阳感觉到了冷。寒风中,向阳就像书里边卖火柴的小女孩,盼望着父亲早点儿来找他……

黑暗中,终于有人朝菜地走了过来。向阳不用看,就知道那是父亲——果然,父亲端着饺子朝向阳走了过来。

"阿阳,慢点儿吃,慢点儿吃!"摸着向阳冰冷的手,看着黑暗中狼吞虎咽的向阳,父亲哽咽了。

这是向阳平生第一次吃饺子,尽管为吃这顿饺子,向阳冻病了,那场病还差点儿要了他的小命。至于饺子的味道,多年后,向阳感觉那就是父亲的味道。

小　巷

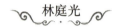

林庭光

　　一家,两家,三家,四家……继续往里走,就是我的家。我家在一条很深的小巷里,小巷两边的住户,都是三四层高的楼房,因此小巷显得很小很窄。小时候住在这里,到了晚上,我就不敢出门。每每站在门口,望着黑魆魆的小巷尽头,时不时出现的些许光明,总能让我想起聊斋里的故事,我就马上缩回到自己的小空间里,再也不敢出来。

　　我的父亲是一名水手,常年在海上,妈妈在一家工厂做工。我自己走路上学,早上在小巷的出口旁一个小吃摊上吃早点,午饭则在学校吃。晚上妈妈下班了,就在家里给我做最好吃的猪手面。妈妈先将面粉倒入盆内,加水和盐和成面团,蘸上碱水,拉成拉面,下入开水锅内煮熟,捞入碗内,面上摆上酱猪蹄,然后轻轻唤我:"尊儿,过来吃饭。"她坐在我身边,自己不吃,用慈祥的眼神看着我一阵狼吞虎咽。妈妈的表情很复杂。那些年我才上小学。妈妈三十多岁的样子,是我们这个小巷里最漂亮的女人。

　　那时候,觉得广州就是天堂。我们这里离市区很远,很多时候做梦,爸爸就是从小巷那边回来的。爸爸绛紫色的脸上带着微笑,手里带着我最喜欢的玩具。但这画面只是在梦中,从未变成过现实。爸爸做水手,只是从妈妈那里听说的。海很遥远,就像是这条很长的小巷一样,我看不到头,想象不出海的样子。

其实广州很近，但是妈妈从没有带我去那儿玩过。即使星期天也从来没有离开过小巷。深深的小巷，把我锁在狭小的空间，和妈妈的距离也像小巷般悠长。

突然有一天，妈妈牵着一个漂亮的小姑娘回家。小姑娘就像我看过的小人书里的白雪公主一样美丽。她很会说话，一口地道的闽南话，我一句也听不懂。我说："你说普通话呀。"她看着我，美丽的大眼里闪烁着惊人的光芒。洁白的裙子、乌黑的长发、美丽的面孔让我感觉这就是从天上下来的天使，妈妈让我叫她妹妹。

从此我多了一个妹妹，早上我和妹妹一起走过那个小巷，一起去上学，中午一起在学校吃饭，下午放学一起回家。这个妹妹的来历一直是个谜。有时候我在想，妈妈也许在哪里捡了一个妹妹，也许是在海上。妹妹和我有很多话，她告诉我她的爸爸是我妈妈的朋友。妈妈的朋友？我从来没有听

说过,也没有看到过妹妹的爸爸。可是妹妹能说出她爸爸的样子。

生活就像梦一样,延续着很多传说。终于,有一天,小巷里来了一个男人。这个男人不是我想象的爸爸,也不是妹妹讲述的爸爸。男人是一名警察。男人穿着警服,从小巷的南边一直往里走,走了很久,在一个老院前边停下来,伸出手来敲门。他敲的就是我家的门。妹妹去开门,领来了那个威武的男人。

"孩子们,我要带你们去广州了。"他洪亮的声音在老院里回荡。

"妈妈呢?"我抗议,"没有妈妈,我们哪里都不去。"妹妹说:"我们坚决反对。"她的脸红扑扑的,非常兴奋,她站在我的一边。

"孩子们,你们的妈妈到很远的地方去了,我接你们去看望她。"

"你撒谎。"妹妹颤颤地说。我们就这样僵持着,一直僵持到夜晚。村委会的陶奶奶来了,流着泪说:"跟他去吧。这是你们的妈妈嘱咐过的。"我们相信陶奶奶,就和那个男人去了广州。

我记得非常清楚,我是一步一步离开那个有着潮湿味的小巷的,走了很久。那个小巷平时很少见的邻居们都站在自己的门口,目送我们离开小巷。我和妹妹被分开了。我住进了一个叫幸福院的地方。后来我上了中学、大学。毕业后,我被分配到我们那个地方当了一名警察,管理刑事档案。在十多年前的一个卷宗里,我看到一张熟悉的照片——我的妈妈。卷宗里的资料显示,在一个小巷里,一个收养了两个孤儿的外来女工,在下班回家的小巷里,遭到了歹徒的侵犯。女工反抗,惨遭歹徒杀害,歹徒几天后被捕。

我的心一下子空了。我的妈妈,在我记忆最深刻的小巷里失去了自己的生命。我决定去看看那个梦中依旧存在的小巷。同事告诉我,早几年拆迁,小巷已经不复存在了。

这一夜,我又梦见了我家那个小巷。小巷里,妈妈牵着妹妹的手朝我走来。

关东少年

徐国平

那年腊月二十三,村里来了一个少年。

少年叫徐东,是村里徐大囤的孙子,从牡丹江回家过年。我听大人说徐

大囤有个儿子,早年拐带着一个邻村的姑娘下了关东。莫非徐东就是他的

儿子？

没几天，徐东就跟我们混熟了。他一张嘴总撇着一口好听的关东腔，说坐了三天三宿的火车，脑袋瓜到现在还咔咔直响。我们谁也没坐过火车，一个个羡慕不已。不过，徐东好像觉得自己见过大世面，总爱显摆，说关东啥都要比这儿好。起初我们都不服，他就手把手教会了我们好多游戏，我也跟着学了一些。我承认，有些的确是很好玩。他喜欢和别人比赛，比赢了，高兴得就像头撒欢的小叫驴，又炝蹶子又打滚。可一旦输了，翻脸就急。

有一次，我和他比顶牛，顶牛是我们这儿的玩法，他哪能玩过我？结果每一场都被我闪倒在地。村里的孩子便嘲笑他是草包。徐东羞红着脸，又提出要和我摔跤，我说好啊。尽管我个子不如他高，但我会使别腿，结果，他一次次被我冷不防地撂倒。徐东很顽强，不服输，比赛了好久，一次上风也没占到。最后他还是恼羞成怒，趁我不注意，用脚狠狠踢了我个仰八叉。我气急了，爬起来一个别腿就撂倒了他，并狠劲捣了他两拳。没想到有一拳正捣在他的鼻子上，顿时鲜血直流。

我不敢回家，天擦黑，终于耐不住寒冷，悄悄摸进家门。才知，徐东并没来家中告状。

第二天，我跟一帮孩子到邻村的集市去抢炮头。徐东也跟在后面，好像还记着昨天的仇，两眼怒视着我。我自觉理亏，一直躲着他。

每到年关，我们总要跑到集市上抢炮头。卖鞭炮的贩子为了争拉买主，往往都不停地燃放鞭炮，以显示自家鞭炮的威力和质量。我们待贩子燃响鞭炮后，瞅准他们手中将要放完的鞭炮扔到地上时，壮着胆子一窝蜂奔过去，争抢着用脚把嗤嗤冒烟的捻子狠劲踩灭，将那些还没燃响的炮头塞进自己的衣兜。

我争抢了大半晌，衣兜里所获无几。徐东站在一旁有些幸灾乐祸。终于，我瞅准机会，用脚踩灭了一大挂鞭炮。可就在我欣喜万分地准备俯身捡起时，冷不防被一个比我粗壮的少年推了一个嘴啃地。眼看到手的战利品成了别人的囊中物，我又气又急，拼上吃奶的气力，扑上前与他撕扯。那个少年是邻村的，比我大好几岁，我根本就不是他的对手，就像一只蚂蚁面对一只螳螂。争斗的结果，鞭炮非但没有夺回来，自己还被打得鼻青脸肿，躺在地上哇哇大哭。

同来的伙伴个个吓得躲闪一旁。就在那个少年旁若无人地抽身离开时，猛见徐东从怀里掏出一把亮晃晃的刀子，冲上前挡在他前面，一边挥舞着刀子一边厉声呵斥道："把鞭炮放下。"

那少年稍稍一怔，有些胆怯地退后了几步，仍不舍得到手的果实。徐东持刀又向前紧逼几步，眼中喷射着凶光。最终，那少年被徐东的气势吓住了，扔下那挂鞭炮溜之大吉。我傻眼了，忘了身上的痛，也止住了哭声。徐东将那挂鞭炮扔在我跟前，恶狠狠地瞪了我一眼，转身离去。

事后，我才知徐东那天偷偷在怀里揣了把刀子，是准备瞅机会找我复仇的。我有些后怕，这关东小子的性子可真野啊。

过完年，很快就出了十五。一大早，徐东悄然走进我家门，突然有些伤感地拉住我的手说："明天我要回关东了。我爷爷说，都是一个村的，不应有仇，等长大了，在很远的地方遇上，就知道一个村的人是多么亲热了。我多想你们都能到关东我的家里看看那些深山、老林、白雪、黑瞎子和漫山的蘑菇。"我眼里也变得热热的，有泪流下来。徐东走时，塞给了我一挂用红纸包裹的鞭炮。他说是爷爷年前给他买的，自己没舍得放，坐火车又不让带。

第二天一大早，我去徐大囤家，想送送徐东。可徐大囤说，徐东半夜就走了，这会儿早坐在去牡丹江的火车上咔咔地跑远了……

我一个人疯跑到村外，将那挂鞭炮挂在路边的一根树杈上，噼里啪啦地燃响。

老獾那双眼

杨海林

我们这里靠近古淮河，因为人烟稠密，很少有大的野物。

但小的还是很多的——刺猬呀野鸡呀黄鼬呀狐狸呀，一不小心，就能在路上碰到。刺猬或野鸡害羞，看到人，就把脑袋蜷缩到肚皮底下或者"呼啦"一声飞走；而黄鼬和狐狸就大方多了，有时候停下来，和你定定地互相看着。

当然，它们最后会败下阵来的，朝你羞愧地笑笑，自嘲地撒一泡尿，扬长而去。我没说错，它们真的会笑。就它们那毛头毛脑的小模样，朝人笑，会吓人一跳。

老獾就不笑，总是一副疑心很重的样子——我们这里，很少有专门打猎的人，所以，我总觉得它是多虑了。

说老实话，我对獾一直很好奇，总觉得它们很神秘。老师曾经让我用"神龙见首不见尾"这个词造个句子，我当时就说："獾在河滩上以花生为食，可我总是看不到它，真是神龙见首不见尾。"

老师说我造得好，可我真的很郁闷——古淮河边都是沙地，我们一般都种花生，獾喜欢吃花生，所以在花生成熟的时候每家都会支一个棚，留个人在里面过夜。

我父亲身体不好，所以去看花生的一般都是我和我弟弟。我弟弟有点儿害怕，每次去，都会里外敲一通铜盆，想吓走獾。但第二天一早，我家的花生地总是被折腾得不成样子——原来，獾早就识破了弟弟的阴谋，一点儿也不怕他敲盆的声音。

弟弟呼呼大睡，而我却翻来覆去。我一直想看看这些精灵的模样，但总是看不清。它们在月亮地里是黑黑的一团，勉强能看到它们像披了件棉大衣的老头似的坐着，从地下扒出一颗花生，在肚皮上蹭蹭，然后扔进嘴里，"噗"地吐出两片花生壳。

上了初中，我还在看花生，那时就想，獾，是不是鲁迅先生说的"猹"呢——鲁迅先生都没看清过它是什么样子呢。但后来我却看到它们了，我没料到有一只老獾会把洞打到我的床底下。

是我弟弟最先发现的，他睡觉喜欢侧着身，耳朵贴着床，有一天，他说地下有声音，猹猹的。像一只没膏过油的车轱辘移动时发出的，尖厉、清脆。

弟弟吓得扭头回家了。

后来我父亲咳嗽着提来了铁锹，他本来想刨出地底下发出声音的东西

的,可是听了一会儿就笑了。父亲说那是獾,可能刚生了崽子。再一听,果然是小动物发出的,哼哼唧唧,好像在找奶头吮。

"也是一条命。"父亲叹口气,回家了。

后来的几天下了暴雨,古淮河的水漫上来,我的床底下,塌了一个地洞。黑黢黢的,用手电筒一照,是一双绿莹莹的眼。

那个小东西把两只亮亮的爪子举到嘴边舔了一下,那爪子在手电筒的光亮下冰凉尖硬,可能是总用来挖掘的缘故,所以能看得出来很锋利。

"那就是獾,"父亲肯定地说,"它的脑袋上有很长的两条白道道,像戏台上的小丑。"

父亲要填掉这个洞,我没让。

我和獾就这样相处着,看它披着"大衣"出来,磕磕绊绊地在地里找花生,看它坐在我的小板凳上嗑花生仁,看它举起锋利的爪子警告我,看它那双绿莹莹的眼睛小心地提防我。

渐渐地,它一点儿也不怕我了。

冬天的时候,我们收了花生,拆了棚子,住到了家里。有一天,弟弟又听到床底下传来窸窣的声音。

还是獾!这只獾,就是花生地里的那一只?它是舍不得离开我?

谁也没料到弟弟会被烫着。我们这里的人在下冰雹的时候总是喜欢拾几粒收到瓶子里,据说烫伤的时候抹几遍冰雹化成的水,很快就能好起来。但弟弟的烫伤面积太大,抹了几次,没好。

在我上学的时候,父亲狠狠心,刨开了我床下的老獾洞。当我放学回家的时候,弟弟已经坐在门槛上玩了,他烫伤的地方,被布包着。父亲说涂了獾油。那块獾皮,他也没扔,给我做了副手套。我戴过一次,没觉得多暖和。

因为我的脑海里总是会浮现出那只老獾的眼睛——警惕,不信任。

朗读的心

亦 农

几乎整个冬季，每天晚上我都做同一件事情。

"可以开始吗?"我问。

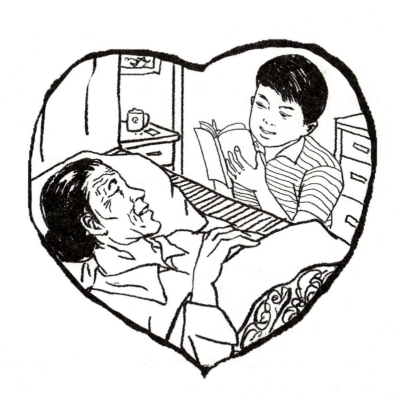

"可以了。"外婆准备就绪，半躺在床上微闭双目。

于是，我摊开书有声有色地朗读起来。那个冬天我想尽自己最大能力帮助外婆，让她在幸福与快乐中渡过难关。

"妈妈，我很小的时候，外婆最疼我，是吗？"

"当然。不疼你疼谁？"妈妈忙着扎鸡笼，黄鼠狼偷走了村里五六只鸡。

"那么，当外婆需要时，我应尽力帮助她，对吗？"外婆卧病在床，读小学三年级的我，像所有个性极强又富于爱心的孩子一样。

"当然！"妈妈看着我，"小恒，你什么意思？"

"我是说，我可不可以不去学校，与外婆在一起，我们会很快乐。"

"啊？又在打歪主意！"妈妈拎起一根木棍——只要愿意，她总能顺手找到木棍——指着院门喊，"快上学去，再逃课我打断你的腿。"

与妈妈谈判失败，我懊丧了几天。一切又恢复老样子，每天吃过早饭，我不得不背起书包去学校，听班主任兼语文老师"四眼"讲课。四眼是一个五十多岁的瘦高老头，戴着老花镜，看人时眼珠往上翻，低着头从镜架框上望过来，令你浑身每个毛孔都不舒服，我私下不怀好意地叫他"四眼"。

我讨厌学校，讨厌四眼，讨厌那些像苍蝇似的文字。我总是把语文书放在书包最里面，以免看见它影响心情。我喜欢独自到田野，那高高的蓝天、一望无际的碧绿庄稼令我陶醉。很小的时候我病了，外婆会抱着我到小河边，看那在水里自由自在游戏的小鱼。现在，外婆孤单地躺在病床上，我却无能为力。

几天以后，我和妈妈之间又发生了冲突。

"我不想上学，只想和外婆在一起。"

妈妈气急败坏，把那张令我尴尬的三十六分语文试卷扔在地上："瞧瞧，还有脸让我签字，考这样的成绩也不害臊！"

"我讨厌四眼，我讨厌读书！"我歇斯底里地跳着大叫。我仿佛看见四眼幸灾乐祸的模样。他让我把考卷交给妈妈，不就是希望我吃一顿皮肉之苦吗？对于这个阴险得比汉奸还汉奸的家伙，我该诅咒他喝口凉水被噎死。

还是外婆最疼我。她把我揽在怀里，说了许多安慰的话。我逐渐平静下来。外婆忽然轻轻地问："你真的想帮助外婆？"

我使劲儿点点头。外婆说："好吧，我最喜欢听小恒读书，读老师讲的那些有趣的文章！"这我从未想到过。从前外婆最喜欢我扮成一名解放军，头上戴着柳条编的帽子，腰插手枪，高唱："雄赳赳气昂昂，跨过鸭绿江……"虽然恨死了四眼，恨死了语文，但我不能拒绝外婆的请求。有史以来，我第一次郑重地打开语文书——那本已经破烂不堪，像卫生纸一样卷在一起的书。但是，麻烦很快就来了，一连几个字我都不认识。听得津津有味的外婆睁开眼睛，问："怎么不读了？"

"我，我——"我的脸肯定涨得像紫茄子。

"如果不愿意读，外婆就不难为你了。"

"不，不——"我差点儿急出眼泪。我无法开口承认自己不认识字。那天晚上，我平生第一次感到羞愧。虽然妈妈此前无数次因为我不安心学习而责骂我，甚至揪痛我的耳朵，可这次不同，生病的外婆需要我，而我却不能满足她。

第二天，我破天荒地主动敲开四眼的门，希望他能告诉我那几个陌生字的正确读音。出乎我的意料，四眼异常热情地接待了我。在我告辞的时候，他还亲切地抚着我的肩说："小恒，很高兴你来。"其实，四眼并不像我想象中那么可恶。

以后几天，我不得不天天去找四眼。因为每天晚上，我都要遇到几个陌生的字词。在又一次回答完我的问题后，四眼慎重地询问我这样做的原因，他不明白一向对书本深恶痛绝的学生，为什么忽然对读书产生了如此兴趣。虽然不太情愿，我还是把一切说了出来。

"向你的外婆问好，她很伟大！"四眼扶镜架的手在微微颤抖，看得出他有些激动，"这样吧，我教你一个识字的办法！"四眼从书架上取出一本字典。

就在那个阳光灿烂的下午,四眼教会了我如何查字典。临走的时候,四眼打算把那本字典送给我,我谢绝了。爸爸在我八岁生日的那天,曾经送给我一本《新华字典》做礼物。为此,我有将近一天不理睬爸爸。当时,我热切希望得到一支会"嗒嗒"作响的冲锋枪。

回到家,我一头扎进床底下,从一大堆乱七八糟的玩具和小人书中,寻找那本字典。然而,我翻得天昏地暗也不见字典的踪影。

"小恒,你在干什么? 衣服又弄脏了!"

我仍撅着屁股埋头寻觅。"问你呢,小恒!"妈妈一把将我从床底下揪出来。

"《新华字典》,爸爸去年送给我的生日礼物。"

"你不是拿它做小狗的枕头了吗?"

"天啊!"我冲到狗窝前,可怜的字典还躺在那里。我很庆幸它没有被小狗当烙饼咬碎。

奇迹在不知不觉中发生。我发现那本破旧的语文书并不太令人讨厌,里面有动听的故事、优美的诗歌。我开始愉快地上学,认真听课。四眼提问时,我不再缩肩藏头担心他点到我的名字,我也有机会在课堂上神气地朗读课文了。

每天晚上,做完家庭作业后,我就拿着书坐在外婆的床边说:"可以开始吗?"

"可以了!"外婆笑眯眯地回答。

我已经能够准确无误地朗读那些文章,甚至还可以有声有色地把它们背诵下来。期中考试,我的成绩一跃成为全班第一,我被评选为"三好学生"。四眼,不,谭老师亲自把奖状颁发给我。当我把烫金的奖状双手呈给外婆时,她高兴得掉下眼泪,不断说着:"太好了,太好了!"

也许,朗读的确给病中的外婆带去了幸福和快乐,但真正受益的却是我。它使我从此畅游于广袤的知识海洋,并受益终身。

阴阳年

警 喻

　　天还没有亮透,父亲就把我从被窝里拽出来,把烤热的棉袄棉裤递给我,说:"趁热乎,快穿上。"

　　父亲每天都是这样,早早地从炕上爬起来,端一筐麻秸添进铁炉子里,把衣服烤热给我穿。今天似乎比往日早些,不只因为今天是腊月二十三——小年,更主要的是今天杀年猪。

　　我穿好了棉袄棉裤,父亲就从炕厨里掏出线麻,他续我搓,不一会儿,三根手指粗细的麻绳搓好了。我知道,这是杀年猪用来绑猪蹄子和猪嘴巴用的。搓完绳子,父亲又到柴火垛撅回一把高粱秆,放在地上的瓦盆里,准备用它搅猪血,以防猪血凝结。搅过的猪血,会出现很多血丝,用笊篱捞起,攥净血水,放进炀肉的酸菜锅里,这样的杀猪菜才有味道。再往猪血里兑些炀肉的老汤,撒些葱花、花椒面、盐,加点儿蛋清,把弄好的猪血灌进事先洗净的猪肠里,上锅一煮,蘸着蒜泥就可以吃了。

　　我已经五年没有吃过猪肉和血肠了,因为妈妈去世后,我和父亲相依为命,我家就没养过猪。今年春天,父亲用一麻袋玉米从邻居家换回两头猪崽。父亲就跟我说:"今年过年我们也能杀猪了,也能吃血肠了。"

　　于是,我每天都去山上挖野菜,回来用锅馇好,拌点儿玉米糠,两个猪崽

吹气似的长。

于是，我就盼着过年。

父亲把一切都准备妥当之后，天已大亮。父亲站在猪圈旁看着圈里一水水的大肥猪，不知是高兴还是舍不得，泪水在眼圈里直转转。我想父亲也许是想起了我的妈妈。

妈妈活着的时候，父亲总和她吵架。那时，我才七八岁，不知他们为啥吵。后来，隐约听村里人背后说，我的大姨父曾抱着我妈妈亲嘴被我父亲撞见了。从那时起，我开始恨妈妈，以致后来妈妈去世我一滴眼泪也没掉。

刚吃过早饭，杀猪的胡大叔就领着三四个人拎着杀猪刀走进了院里。父亲刚从猪圈里赶出一头，大伙儿就七手八脚地把猪撂倒，绑上猪蹄和猪嘴，用杠子抬到院子里早就放好的八仙桌上，我急忙从屋里端出接血的瓦盆放在猪头的下方，胡大叔拿双筷子插进绑猪嘴的绳子里拧了一下，一只手攥着筷子把猪头稍稍往起提了提，另一只手操起刀从猪脖腔处插进去，然后，猛地把刀一拔，一股殷红的鲜血喷溅出来……

父亲早把一锅水烧得翻滚，大伙儿把猪抬到锅台上，用瓢往猪身上泼水，不一会儿，猪就褪好了。

眨眼间，胡大叔就把猪大卸八块。

灶里架上桦子，锅里重新添好水，父亲选了些肉丢进锅里，一袋烟的工夫，屋里就飘满了肉香。

父亲让我烧火，他洗了洗手出去了。只一会儿，就把队长、会计、民兵连长和全队男劳力领了回来。杀猪请客是我们黑瞎沟屯的习俗，何况我们家五六年没有杀猪了，总得好好请一顿。

父亲把大家让到屋里，又打发两个小伙子借桌子板凳，简直就像我娶媳妇似的，场面弄得挺大。

父亲在我身后转了两圈，好像下了很大决心似的把我叫到一边，沉吟了半天，对我说："把你大姨父也叫来吧。"

我知道，父亲下这样的决定是需要多大的勇气。

我站在那儿没动。

父亲沉默了一会儿，说："去吧。"

我把大姨父领来时，菜已经上桌，酒已倒满碗，大伙儿正吵吵着要喝。见我大姨父出现在门口，一下子静了下来。

父亲迎上来说："来啦。"

大姨父含糊地应着。

这时，队长站起来，招呼着："来，来，坐这儿来。"

大姨父就坐在了队长旁边。

父亲说："大伙儿喝吧。"

大伙儿这才缓过神儿来，吵吵嚷嚷地喝起酒来。

唯独大姨父不吱声，只闷头喝酒。

酒过三巡，大姨父突然从凳子上摔倒在了地上，嘴里的哈喇子淌了出来。

大伙儿一下子就蒙了。

队长急忙让车老板子套车，送大姨父去公社卫生院。车刚出屯子没走上二里地，大姨父就停止了呼吸。据大队卫生所的大夫说，大姨父是死于突发性脑出血。

队长说："人死了不能回村子，就停放在村头吧。"

大姨父的儿子满堂子不肯，非要拉大姨父到我家去，埋在屋里不可。

对于大姨父的死，满堂子简直是疯掉了。以至于爬上我家房顶，把大黄纸压在房脊上……

队长好说歹说，答应大姨父发丧的费用由我家承担，拿不出钱就用猪顶。

满堂子就这样把我家仅剩的一头猪赶回了他家。这才答应在村头搭起了灵棚，把尸首停放在那儿了。

那天夜里,我居然梦见了妈妈,这是我第一次在梦里见到妈妈。妈妈穿件红袄,满脸喜色,正忙着往门上贴"福"字儿。

我哭喊着"妈妈",醒了过来。

醒来的我,脸上已挂满了泪水。

我把梦中的情形告诉了父亲。父亲抚摸着我的头叹了口气说:"虽然说梦都是反的,但阴间阳间都一样,你妈那边肯定也忙着过年哩。"

肉

连俊超

风从北方来。

这是在年关急于赶路的风,在狭窄的街道上像个撒酒疯的醉汉一样横冲直撞,企图把我们从这条街道清理掉。明天风就可以心满意足了,因为这是年前最后一个集市,所有的卖家都在今天以低贱的价格打发掉所剩无几的存货。

我站在自行车旁,看守着父亲提过来的青菜。我的右手扶在车座上,我生怕手离开了车座,自行车就会自己跑开。我的弟弟在一个关门的店铺前抽打着陀螺,是木匠刘老头为他做的陀螺,他整天带在身上。他敞着棉袄,狠劲儿地甩动皮鞭,八岁的他已经显出乡下粗老汉的派头。

街很深,我看到提着一捆芹菜的父亲从人潮中浮上来。他把芹菜放在我身边,抬头看了看天,说:"看好菜,我再去割点儿肉。"

然后他转身又潜入人海中。

我把芹菜拉到脚旁,也抬头看了一眼。天上没有阳光,黑灰色的风在奔流,把一群麻雀卷进了急流。所有麻雀的叫声都一样,我每天都被这样的叫声喊醒。但今天是猫把我叫醒的,它比麻雀起得更早,或许它一整晚都没睡。它昨晚肯定一无所获,清晨它在我床上可劲儿地舔我的手指,那里残留

着昨晚晚餐的味道。腰肢苗条的白猫从我身边走开的时候，我睡意蒙眬的眼睛看到的仿佛是一条缓缓流向远处的纤细的小溪流。

父亲再次回来的时候，手里没有提肉，而是叼着一支烟卷。母亲跟在他身边，拿着一小捆韭菜和一块儿豆腐。父亲把买来的菜整理到车后座上，然后招呼弟弟过来，说："走，回家。"

弟弟绕着两辆自行车转了一圈，说："你们买的肉呢？妈说要包肉馅饺子的。"

母亲看了父亲一眼，脸上露出一丝难色。

父亲说："吃啥肉？把我身上的肉给你割下来一块儿吧？"

母亲走到弟弟身边说："咱的钱丢了，过几天再给你买肉。走吧，回家，听话。"

弟弟往后退了几步，靠在那家店铺的门上，摆弄着手里的陀螺。我走到父亲身边，爬上了他的自行车前梁。母亲又看了父亲一眼，说："要不你去咱姐家借十块钱吧。"

父亲没说话，转头环顾着四周，默默抽了几口烟。然后他把烟头扔进近旁的水洼里，掉转车头，骑上车，头也不回地说了声："你在这儿等着。"

父亲带着我离开了集市。我从自行车前梁上伸头去看后座上买来的菜，我怕它们掉下去。我的频频回头招致了父亲的不满："坐好！"

我们的自行车拐了几道弯，走上了一条熟悉的街道，最后拐进了一个熟悉的家属院。我知道大姨家就住在三号楼的一楼。父亲停好自行车，对我说："你看着车。"

然后他拽了一下衣襟，拍打着裤子上的尘土走进了三号楼。

我似乎在长达数年的时间里都承担着为父亲看守自行车的责任。当我看着各色人等从我身边经过，以形色各异的目光看我一眼时，我觉得，我也是需要一个人看护的。我扶着自行车座，抬头仰望这些高楼。它们似乎都有倾倒之势，令我恐慌。楼阻挡了风的去路，风被圈在这个院子里，咆哮着四处乱撞。我听不到父亲在大姨家说话的声音，我希望他赶紧向大姨开口借钱。

这时我听到了大姨的声音："就你们家还吃肉呢！我们吃的还是素馅儿。"

然后我听到一个声音，是手掌拍打在桌子上发出的声音。

过了一会儿，父亲出来了。他抱起我放在车前梁上，出了家属院，按原路返回。母亲和弟弟在原地等着我们。

母亲问："借了？"

父亲什么也没说，掏出十块钱给母亲，等她买回肉，仍然一声不吭地骑车出城，朝家走。

风越来越急促地奔跑，它心急如焚，却不知道自己路在何方。阴沉的天空中云被吹散，像乞丐身上破旧腌臜的衣衫。父母并行地骑着自行车，都沉默着。弟弟提着那袋肉，此刻他已经忘掉了自己心爱的陀螺。

几滴雨水落在我额头上，我说："下雨了。"

我们都抬起头望着天空，我没看到雨，我看到父亲毫无表情的面孔。

我低下头，不敢大声呼吸。

弟弟一到家就欢呼起来，嚷嚷着要吃饺子。母亲说，明天才是大年三十。晚上父亲把肉放在竹篮里，然后把竹篮挂在屋梁上。全家人睡前都看了一眼悬在半空的竹篮，像瞻仰一位远道而来的圣人，然后我们才各自上床，安心地睡去。夜里我听到弟弟在大口地吞咽口水，嘴唇叭叭直响。

母亲在黑暗的房间里问父亲："姐借给你钱的时候咋说的？"

父亲在床上发出点儿动静，似乎是翻了一个身。

我在长久的静寂中沉沉睡去了。当我在窗外一片明亮的雪光映照下醒来的时候，我听到母亲在门口说话。我走到屋门口，看见白猫死在地上，死去的白猫变得有些陌生。

母亲说："是刘柱家的吧，他们家也有一只白猫，咱家的可没这么肥，它

怎么跑到咱家来了？不会是这时候叫春儿吧？"

这时弟弟发现了原本挂在屋梁上的竹篮滚落在屋角,竹篮里空空荡荡。父亲从白猫身上的一处烧伤认出了它是我们家的猫,他说:"这畜生撑死了!"

那个年三十的下午,我们把白猫拎到雪地里,为它刨了一个坑儿。父亲把白猫丢进土坑,它鼓胀的肚子使它看起来有着酒足饭饱之后懒洋洋的得意神气,它仿佛只是躺在温暖的阳光中惬意地睡午觉。弟弟把一铲土撒在它身上的时候,风从远方赶来,吹动白猫漂亮的皮毛,似乎要把这些肮脏的泥土从它洁白光滑的皮毛上吹掉。

1986 年落雪时分

连俊超
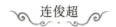

　　清晨雾蒙蒙的。那时我一定还在睡梦中,否则我会看见父亲赶着母猪和一群小猪崽子在雾中行走的情形。母猪一定对父亲的行为不甚理解,毕竟它已经在那个猪圈里待了多年,看着它的孩子们逐个被人捉走。那时,氤氲的雾气让它看不清远处,它只能在父亲藤条的驱赶下深一脚浅一脚地迈步。或许,它感到一丝隐隐的恐慌。它的孩子们哼哼叫着,向它抱怨。

　　父亲把猪从猪圈里赶出来时,在它的脖颈上狠狠地抽了一下,以示对它慢腾腾的不满。父亲很着急,他要在明亮的清晨到来之前,把猪赶出去。他尽量在雾中睁大无神的眼睛,但他仍希望雾气能更浓重些,即使人们和他撞个满怀也看不清他不安的脸庞。

　　父亲赶猪出门时,母亲问他了一句:"人家同意了吗?"

　　"同意了。"父亲小心翼翼地说。

　　我隐隐听到了他们说话的声音,但随即又被温暖哄睡。

　　父亲像管理一群纪律散乱的娃娃兵一样,赶猪走在冬雾笼罩的街道上。当把猪赶进一个小院子时,父亲松了一口气。那是一户人家多年前就废弃的院子,草木荒芜,房屋的衰败常常让我产生这样的幻觉:一个灰头皱脸的老太太缓缓地打开房门,面无表情地、长久地望着我。我们经常故作惊慌地

从院门前跑过,只敢从破旧朽烂的木板门外瞥一眼。后来我想,猪娃娃们在那个冬草杂芜的陌生院子里来回走动时,也许惊恐不安,浑身颤抖。

然而,父亲把猪赶进去时,或许对那个凄凉的院子充满了感激之情。因为他可以放心地走回家,迎接即将到来的马兄弟。当父亲还是个小老板的时候,他就是我们家的常客,而当父亲一贫如洗的时候,马兄弟依然每年到我们家来——只不过把注意力放在了猪身上。他一踏进我们家的院门,就会急切地朝猪圈望去,甚至径直朝那里走去,关切地询问母猪的奶水、猪崽子成长的情况,仿佛一个离家多年的男人在关心家里妻儿的生活状况。马兄弟应当给予小猪关怀,因为当小猪长大的时候,他要理直气壮地捉去抵债。

然而,那个雾蒙蒙的清晨,父亲决心敷衍他的马兄弟了。他不能在来年春天两手空空地应付他大儿子的定亲大事。

马兄弟像往年一样在冬天的上午把自行车停在我们的院门口。他热情地跟父亲打招呼,眼睛却关注着靠近西墙的猪圈。但是他支起的耳朵并没有得到猪哼哼的答复,因此他向西挪了两步。空荡荡的猪圈让他大惊失色。他惶恐不安地探脑往猪棚里望去,纷乱的杂草和寂静空洞的窝棚仿佛一门大口径的重炮,轰炸了他的内心。

那时,母亲的哭声从厨房飘了出来,穿过渐渐散开的薄雾在院子里飘荡。她凄惨的哭诉让我感到灰蒙蒙的天空也许再也亮不起来了。马兄弟对母亲的哭泣感到不解,父亲冷静地告诉他:"马兄弟,对不住,要让你白跑一趟了。昨夜里母猪和猪娃都让人给赶走了。"

马兄弟皱起了眉头,不安地踱着脚步。

"怎么会呢?"他念叨着。

父亲把他请进屋坐下,叹了口气说:"村里冬天一直都很乱,咱家的院墙又矮。夜里我听见母猪叫,也没太在意,后来我听见小猪都叫了起来。我赶紧起来,看看是咋回事。我开门看见三个人正往院门外赶猪。那三人看见

了我,一个人对我说'进屋去',我就关上门进来了。"

马兄弟急得不行:"他让你进来你就进来,你咋那么听话?"

我爹苦笑着,无可奈何地说:"我不是听他的话,我是听枪的话。他手里端着一杆大猎枪呀!"

马兄弟四顾无语。

父亲也只顾抽烟。

他们沉默着,母亲忙活着,天阴沉着,北风刮着,我呆呆望着情绪低落的天空。我隐隐地希望,北风能够把天上凋零的花瓣吹来,撒在村庄,纷纷扬扬。午后的北风越来越强劲,父亲一定怕突然下起雪来,但我已经看到了希望:沙粒一样的雪糁正在大地上摸爬滚打。

父亲朝院子里望了一眼,他眼神中的不安和脸颊上的焦躁让我感到自己罪孽深重:我召唤来了一场让父亲痛苦的雪。母亲说了声:"下雪了。"

马兄弟站起身,到门口仰脸张望。父亲的眼里燃起了希望。

马兄弟推车到门口时,大片的雪花飞扬散落。父亲不停地向马兄弟赔不是,马兄弟则很痛苦地跨上了自行车。父亲匆忙朝宽阔的村路两端望去一眼,雪花已经严密地覆盖了大地,没有一处漏洞。父亲望着马兄弟离去的身影,轻轻呼出一口气。然而,当父亲准备转身回家时,他的腿脚顿时僵硬了——

他清晨安置好的母猪领着它的娃娃们浩浩荡荡地回来了。它们哼哼着,一路小跑,从马兄弟的自行车旁经过,朝我们奔来。马兄弟停下车,回过头来。

父亲低声对母亲说:"别让它们进家。"

说着便上前拦截。母猪调头钻个空子,朝家门冲刺,但门口还有我和母亲这道防线。父亲抄起一根木棍挥去,母猪躲闪开,围着大门口来回周旋,猪娃娃们叫唤着,在它身后跑来绕去。

父亲忙乱之中还不忘朝马兄弟那边喊一声:"谁家的猪,怎么跑到这

来了!"

　　马兄弟不吭声,坚定地站着。

　　北风呼号,雪花狂舞,母猪肥大的身躯显得尤为灵活。父亲胡乱叫骂着,挥动着木棍,跌倒又爬起,驱赶这头死心眼的猪。雪地被它们践踏得凌乱不堪,新的雪片落在裸露的土地上。父亲手中的木棍终于击中了母猪,它尖叫着在雪地里奔逃,小猪们紧随其后。父亲穷追不舍,似乎要把它们赶到天边,赶到另一个世界去。他那由于过度激动而扭曲颤抖的身体在雪中趔趄地奔向远处。

　　我忘记了那天父亲在雪地里跌了多少跤。但我那时觉得,小猪们摇头晃脑地跟随母亲在雪地里奔跑时一定很快乐,也许那是它们一生中难得的欢快时光。

南园

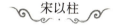

宋以柱

读小学时,我们常常放了学也不回家。那时爹娘都在地里,天不黑不回家。老师也不管我们,他扔下书本,也要去地里收麦子或者刨地瓜,累个半死,才踏黑回家。

我们就到南园去。

南园是一片白杨树树林子。树林北边有一堵青石板墙,我们搬下几块当课桌或者椅子,一排坐了十几个,齐刷刷地写作业,生字词五十遍,或者做加减乘除一百道题。做完了,就齐刷刷地去玩,知了、树叶、青蛙、蚂蚱,或者是冬天的一个大雪人,堆好了,就任它在那儿化得一塌糊涂。

那堵矮墙是一户人家的院墙。男人高大魁梧,铁塔一般,吓唬我们的声音,如铁锤敲在大钟上,让人听了耳洞里嗡嗡的。女人却瘦弱,肤白,眼球陷下去,通常只听到她在家里猛烈地咳嗽,只有出来拿做饭的干柴时,我们才见到她。看到我们搬她家墙上的石块,也不吼,一个劲儿地嘱咐:"小心,小心,石头砸了脚。"

见我们不理她,就抱了柴往回走。倘若柴重了,走几步就停下来喘。她有很厉害的痨病。她家里经常飘出中药的苦味。

去得多了,就经常听到男女主人的吵闹。敲钟样的声音,骂声不绝,在

干净的空气里穿来穿去。夹杂着柔弱无奈的辩解。有一两次,我见到女人在屋前的草堆里哭,拍着大腿,鼻涕眼泪的,哭自己早死的老娘。哭几声,拍一下大腿。那时,她已有两个儿子,一个女儿。儿子小老虎一样结实,个儿矮,不清说话。大冬天的,单穿一件夹衣,露着前胸。穿布鞋,前露脚趾头,后敞脚后跟,整天对女人喊饿。女儿倒是柔弱,老是在她怀里哭。

有一年,到了年关,几个伙伴从南园那儿走,又听到了怒吼和哭声。跑去看时,一家人都在院子里,几个街坊围着劝解。锅碗瓢盆摔碎了一地。女人坐在积雪里,低声嘶哑地哭,女儿拱在她怀里。几个女人围着她。两个男街坊拼命拽着男人。

"我那儿子啊,我那女儿啊,吃的啥?穿的啥?还要生孩子,可怎么活啊?"

"你个烂娘们,别给我号丧。我叫你过不去这个年,你看着。"男人挣脱几只手,闪身进了屋。传来很响的声音,"嘭",应该是暖瓶碎了。

女人被邻居扶进屋里。

南园的左手是一方池塘,上接一个水库,下接一条小河,都相距二三里的样子。池塘不大,春、冬两季多干涸,供村里人倒垃圾,或者挖塘泥垫猪圈。村卫生室的碎药瓶、针管,也倒在这里。没有什么好东西捡,只好在里面走来走去。雨季的时候,水库的水把它充满,变得极深,向南流向小河,引上来各种草鱼,还有青蛙、小蛇。停留在芨芨草尖的蜻蜓,一簇野藕伸出细长的茎,挑着几朵花在水面飘零。小池塘就热闹了许多。鱼有大鱼,二三斤重的也有,水清的时候,能看到它们青黑的脊背。水太深,水里还有碎药瓶、针管。我们都不敢进去。大些的孩子,扎个猛子进去,要么憋青脸出来,要么出来后,抱了血淋淋的脚板哭。在池塘边捉鱼的,是天天闲的光棍,用的是抡网。抡圆了胳膊,喊一声,甩出去,待坠子落到水底,拉住绳子,慢慢收拢来,就有鱼在里面跳。白条、泥鳅、鲫鱼、青蛙、小蛇,间或有一条鲤鱼。惹来一阵大叫。

五年级暑假的一个早上，天热。我们都躲在树林里。猛地听到正在打鱼的刘三一声号叫。跑出树林待看清了，才知道是女人的身子。刘三说，快去叫铁塔，就是经常对我们喊的那个。女人的脸、手、脚都胖而白，没有了往日的干瘦。肚子更胖更白。

男人赶来，声若洪钟地哭："我的孩子，我的孩子。"

女人怀孕了。两个儿子、一个女儿，挤在一起，拼命哭，拿泪眼挨个看围观的人。

我挤进人缝里，努力地去看她的脚。她的脚很白，很干净，很吓人。

我只是想看看她的脚有没有被碎药瓶、针管扎破。她的脚完好无损。

然后，我掉头往家跑。半路上，我哇哇地哭了。

我身边是急匆匆跑向南园的大人们。

偷 杏

宋以柱

村子周围几座山,呈半圆状相连。

向西过了沂河,虎山和凤凰山之间有条沟,叫柴干沟,水很清,有鱼,也有螃蟹,阴历八九月相交时节,螃蟹最多。顺沟而上四五里,有一个村落,十几户人家,叫柴干村,很别扭的名字。但是我们都愿意来。为什么?有杏树。沂河两岸的村庄,只有这个村子的杏树最多,家家户户都有,在集市上见到的一筐一筐的黄杏、红杏,圆的、扁的,都是这个村子的。

五月红六月黄,说的是摘杏的月份。五月红,红透在五月中旬,个头中等,满树挨挨挤挤,红着脸,像叽叽喳喳的孩子。六月麦黄,正在忙麦收的时候,黄透的是麦黄杏,很软,个大,一捏一包水。杏子熟了的那段时间,搅得我们上树爬墙。

偷杏总得有个好理由,几个小伙子,突然出现在农忙季节的山路上,大摇大摆的,一看就知道是奔杏去的,人家早早就把狗牵到杏树底下了。我们不怕狗,却怕它不住声地叫。

逮蝎子是我们最好的理由,过了初夏,到了杏熟的时候,我们的活动就频繁多了。大人不拦,我们也不嫌累。几座山转下来,到了中午,每个人的瓶子里总有几十只大蝎子。那时,带的煎饼当零嘴吃了,又累又饿,更渴得难耐。我们的落脚点总在柴干村东面的凤凰山半腰,每人找一块大石头坐下来,眼巴巴地看着山下房前屋后一团一团的红黄,不住地咽唾沫,不住地拿眼看带头出来的三哥。

三哥大我们很多,十七八岁,个头高,大手大脚,很粗壮。他看着山下,很果断地一挥手,说下山。我们几个很像冲向陷进包围圈的鬼子,下山的速度很快。

挨近村子,我们就成了"鬼子兵"了。不敢进院子,不敢大声说话,只敢打手势。杏树多了去了,院子外面一棵挨一棵全是杏树。各自找一棵中意的,鞋脱了,将装蝎子的瓶子放进鞋里。三哥三下两下爬上一棵树,早早扔下几个杏核。我们就猴一样地上树,撅着屁股往上爬。留下一个不会爬树的,放哨,蹲在院墙跟前看着,有人出来就喊。下树的时候有些困难,怕挤了兜里的杏子。正撅起腚来,寻思着怎么下树的时候,下面一声脆喊射上来。

树下是一个姑娘,白,手白,脸白;俊,脸俊,身子也俊。

三哥说:"下"。下到一半,又都上去了。每棵树根周围铺满了荆棘,恰好铺到我们跳不到的地方。

这小姑娘够狠的。三哥嘟哝一声,重又爬上去,坐到一个树杈上,摘几片叶子当扇子。他已经吃饱了。

"把荆棘拿开。"三哥朝下喊。

"想都别想。"小姑娘看也不看,抱着胳膊蹲树荫去了。

三哥摘一个杏,不吃,左看看,右看看,嗖地扔到地上。一个个熟透的杏子扔到地上就瘪了。那个姑娘瞪着三哥,干生气,没办法,又心疼杏子,就拿袖子抹眼泪。我们都不忍心,三哥还是一个一个往下扔。

"妮啊,和谁吵吵。"出来一个老奶奶,颤颤巍巍的,瘪着嘴。

"吃几个杏,你看看你。他们家没有。"老奶奶怪那姑娘,又使劲仰起头对着我们:"都下来,都下来。妮啊,拿开拿开,把荆棘拿开。"边用手中的木棍挑开荆棘。

那姑娘一转身走了，气鼓鼓的。

"再来吃杏啊，到家里去。小不点的人，爬树吓人。"老奶奶也回院里了。

不会爬树的就是我。院子里有人出来我根本不知道，正看着三哥他们使劲咽唾沫呢。那妮子闪出来，一把就把我摁住了，扬着手，冲我瞪眼，不让我说话。我就呆了。她太俊了，再说手掌上有老趼，那滋味我知道。

三哥站在树下愣了一会儿说："把蝎子给人家留下。"

我们不愿意。三哥留下自己的瓶子，扭头上山。

"你去问问宋丽华，她叫什么名。"爬到山顶，坐到一块石头上，三哥小声和我说。

宋丽华和我一个班，读二年级，就是这个村的。我瞪着眼看了他好几秒钟。

三哥当兵回来时，变得腼腆了很多，不再那么咋咋呼呼的了。我们家院里院外、果园里也有了杏树。让他吃杏，三哥就吃，还说他在部队上也吃过。我们却懒得吃了。我们都到镇上读初中了。

三哥把三嫂娶进门的时候，我一眼就认出来了，就是那个叫刘英的又白又俊的妮子。我们只有傻笑的分儿了。

那天晚上，我们听见三哥对妮子说："要不是你一封信一封信的，我还不想复员呢。"

妮子说："你是想吃杏吧。"

"三嫂，我们也想吃杏！"我们一起喊。

屋里一声脆喊射出来："滚！"

这时候，那位老奶奶已经去世了。

父亲和他的猎狗

徐建英

父亲年轻时候是位铳手。

每到收种时节，父亲常在乡邻的左一声嘱咐、左一阵叮咛中，一大清早就带上干粮，扛着他自制的土铳，穿过村头的青石板路走向密密的山林。猎狗欢欢就像一位要出征的先锋，仰着头，铃铛在前头洒下一串叮当的脆响。到夕阳的余照在青石板中逐渐隐去时，父亲宽口平底的布鞋已在石板路上留下一串踢踢踏踏的脚步声。欢欢撒开腿忽前忽后，绕着父亲打着圈圈跑。这个时候，他的铳杆上总少不了挂上些野兔、山鸡什么的，间或还有花狸啊野狍子等……引得邻人艳羡的目光一路撵着父亲转。

暑期里，花生在地头长得正欢，得叔苦着个脸来找父亲，说他南拢坳的花生遭了殃，请父亲帮忙走上一遭。父亲二话没说，翌日提着土铳，带着欢欢就要上山。

欢欢兀是奇怪，以往父亲刚提起土铳，它就迫不及待地立在门牙边摇尾待命。这次它伏在地上动也不动，看父亲"欢欢""欢欢"喊得急，就缠在父亲脚边，呜呜地轻撕着他的腿裤。父亲不解，以为欢欢病了，忙放下土铳，把欢欢前前后后翻了个遍，然后轻拍它的头笑骂道："你个懒欢欢！"

一旋身手一挥，欢欢又呜呜叫着不情不愿跟了上前。

然而午后不到，父亲就光着上身，一路哑着声音直喊着欢欢的名字闯入了村卫生站。而欢欢血淋淋的身子在父亲怀中的上衣里不停颤抖。在欢欢的伤口缝好后，父亲说："得叔的地里藏匿的是野猪。"

中枪后的野猪没有立即倒地，它舞着獠牙扑向父亲，欢欢一见，汪汪大叫着跳上前来撕咬营救。野猪只得又转身迎战欢欢，欢欢灵活的身体忽左忽右，忽上忽下，引那受伤的野猪渗出一地的血。红了眼的野猪再次反身扑来咬父亲，欢欢急速扑上前，它的身体正好抵上了野猪的獠牙，父亲急速装好的土铳火药扳响了第二枪。野猪倒地的时刻，欢欢的一条小肠子也从腹腔流了出来。

从那以后，欢欢在父亲眼里，真正成了家庭一员。

村里除三害，毒昏的老鼠到处乱蹿，父亲很怕伤口刚好的欢欢管闲事，就用一条小链子拴住了它。欢欢被拴着的那些日子，一见我就呜呜地叫，我知道它一定是想我放了它。见父亲此时不在家，我偷偷松开欢欢的铁链子，欢欢一跃身对着我摇尾巴，又直舔着我的手，随后撒腿往外溜了去。

然而欢欢还是禁不住抓吃毒鼠的诱惑，当天中毒了。

看着欢欢嘴角直吐白沫，父亲紧紧地把欢欢搂在胸膛。听着欢欢喉咙发出一阵又一阵呜呜的声音，父亲把碗中的药往欢欢嘴边送。欢欢无神的眼直勾勾望向父亲，伴着全身一阵剧烈的抽搐，一颗泪从欢欢眼眶溢出，直滴在父亲手背。欢欢！欢欢！父亲流着泪高叫着，一次又一次倒好药，试图再次撬开欢欢的嘴……

"谁让你放了欢欢？"他一抬手，我的脸上挨了重重一记耳光。娘冲出厨房，摸着我的脸，一把又一把，不满地对着父亲狠狠剜了一眼，拉着我走入内房。

得叔循声走了进来，看着已经僵死在地上的欢欢，殷勤地说由他来帮着父亲处理欢欢。父亲摇头不语，在我的哇哇大哭声中，提起锄头，抱着欢欢向河坝边的斜坡走去。直到天透黑，也不见父亲进得家来。

得叔半夜来传信说:父亲还坐在坝边的斜坡上抽纸烟。

第二天,娘见父亲没回,也去河坝边瞄过几次。得叔也不时地去斜坡,他送去的饭,父亲原封未动。

第三天,娘坐不住了,折下院里的柳条子,扯着我的手赶向坝边。父亲坐在欢欢坟头,低着头,吧嗒吧嗒地吸着纸烟,有时看看天,硬是不睬我们。娘说:"狗是吃了毒鼠死的,伢子你打也打了,自个儿的儿子,难不成真就要他偿命吗?"

父亲看了看坡下正在大汗淋漓地垒草垛的得叔,对娘吼:"回去,你个苕婆娘!"

娘气得急,一把拉过我,对着欢欢坟头,当着父亲的面举起柳条就对我抽。父亲急冲上前一把抱着我,让娘抡到半空的柳条狠狠地落在自己身上。娘一把扔了柳条,坐地号哭了起来。

日头在天空闹得更欢,直把欢欢坟头上的土烤得焦白焦白。得叔走上斜坡,绕着坟头走了一圈又一圈。

父亲站起身,一手扶起娘,一手抱着我说:"咱回吧!"

父亲走了几步,红着眼,又回头看了看欢欢那孤零零的小坟……

夜　魅

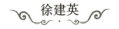

徐建英

　　湖村的潘河，宽宽的，清洌洌地绕着湖村流淌。

　　我小时候，总感觉湖村日短夜特长，特别在没有星星没有月亮的夜，黑麻麻的静得人犯怵。我娘嫌闷，每吃过夜饭就喜欢串门，又烦带上我碎嘴碎舌，每去一家，叽叽喳喳地碎得没完，让娘特不长脸。再串门时，娘就把我拴在屋内，留那台马蹄牌收音机咿咿呀呀地陪着我。

　　五六岁时我对收音机特好奇——黑黑的小匣子，又能唱又能说。所以在娘走后，我安静地抱着小匣子，听里面的人叽里呱啦讲话，咿呀咿呀唱曲。

　　再大一些，对收音机开始腻歪起来，娘一走，我也极想溜出去玩。到我晓得拨开门栓溜出来时，已经上小学一年级了。

　　又一个寂静的夜，我溜到潘河边闲荡，只有山林间行走的风伴着水响，心伴着脚步一路撵着萤火虫沿河疯跑，偶尔似听得有人喊我："区，小区……"真真切切。当我回头，空空的，不见人影，只有树叶裹着河风一阵阵乱吹。

　　早前听娘说，潘河里有淹水鬼。仅1979年的一次翻船，掉进潘河里就有十多人。所以娘常警告我不准夜间靠近潘河。娘说这些掉进水里的淹水鬼会夜里上岸寻替身。想到这，我感觉后背冷飕飕的。

想返回，才发现不知不觉绕到了潘河凹，只能远远望到湖村的灯。往回走还得绕好长一段山路。想喊，记得娘也说过，淹水鬼听到人喊，就会成群结队地拥上岸。我害怕极了。好在不远的地方有火光，有人守庄稼吗？我一喜，朝着火光跑，可跑了好久还近不到前。那些火光这一丛那一丛闪闪烁烁四处跳，有时明明在我周围，到我靠近，火光又远了。我忘了娘的话，哇地大哭起来，边哭边喊着娘往回跑。

"区，小区……"我又听到声音喊我，真真切切，我不敢回头，脚开始发软。"区，小区……"熟悉的喊声伴有水响——船桨击打着水花的声响。在潘河长大的我对这声音再熟悉不过。我终于停下来。

"小区，我是柏林大爷。"

"柏林大爷。"我如同遇上救星，哭着快步爬上他的船。

柏林大爷是我们湖村人。因为跛腿，捕鱼下田的重活做不得，就东拉西扯造了这条船，年复一年在潘河上摆渡，运人运货运庄稼，每来回一趟收五角钱。不赊不欠，想过河就给钱，不给，就甭想上他的船。为此我们一群孩子常背地里跛子跛子的乱骂他。而现在我也顾不得了，能把我送到家，我保证明天开始，不再骂他跛子，并把这坐船的五角钱还给他。

"柏林大爷，明天我找娘要五角钱还你！"

"你娘给了，给过的。"

"我娘啥时候给你的？她知道我会坐你的船呀？"

"清了，都清了。谁也不欠谁的了！"

船离湖村越来越近，那些火还在忽远忽近地闪跳，而且跳得更欢。我指着那些火问："柏林大爷，这是啥火？咋这一点那一点地跳来跳去？"他一改刚才的絮絮叨叨，沉默了。河上只听得船桨哗啦哗啦划水的声音。

船靠岸，我辞了柏林大爷，下船，飞一般向家冲。娘在门口看到我，把我搂在怀里边哭边骂："你个跑脚崽上哪里去了？吓得我四处找！"我不敢直答，扯着娘的衣襟乖乖地随娘进屋睡。

　　第二天一早，我找娘要五角钱还柏林大爷，她奇怪地看着我说："几时你还欠他船钱？"我低着头，脚尖在蹭着地上的泥，嘟哝着硬要娘给。娘看着我好一会儿没有说话，突然间她说了一句："甭要还了，你柏林大爷昨晚走了。"

　　"没走。昨晚柏林大爷还送我回了家！"

　　"你说啥？"娘蹲在地上问我。

　　"昨晚我去了潘河凹，是柏林大爷渡船送我回的家。对了，娘，昨晚潘河边有好多夜火，那是啥火？我撵都撵不上。"

　　娘脸色煞白，哆嗦着嘴扯着我就往神婆"三相公"家跑。

　　路上，娘颤声说："那是'鬼'火，给你柏林大爷送行的'鬼'火。他昨晚走后，殓衣还是我和你春婆几个帮忙穿的……"

泛黄的粽叶

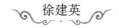

徐建英

搬家那天,妻整理书架时问:"是你的课本吗?"

捧着那熟悉的语文课本,摸着粘在书页中那枚已泛黄的粽叶,我的鼻子阵阵发酸。

那年端午,我八岁,恰逢祖母七十寿诞。母亲把家中本不多的口粮拿去换了些糯米,又步行几里路到集上买来红豆和糖,最后拎着柴刀,上竹园砍下一把粽叶,洗净,泡在清水中。母亲说,要包粽子。祖母裹过的小脚踩在矮凳子上帮着搓麻绳,我更是跟在母亲屁股后忙上蹿下。那年月,能饱饱地吃餐好饭,是件让人很快活的事儿,至于甜糯米粽子,我还真的没有见过呢。

母亲把浸好的米与红豆拌在一起,然后把纸包的砂糖掺了进去,和匀,拿起粽叶和麻绳一摺一绑就忙碌起来。看我老是舔着那裹过糖的纸,母亲笑骂我:"小馋鬼,还不去写作业。"

在小屋里我竖起耳朵,听母亲在厨房窸窸窣窣地包着粽子,偶尔地,还有祖母细细的搓麻绳声夹杂着她一两声咳嗽。那次的作业,我做得格外艰辛。

随着煤炉盖子"啪"的一声响,白气冒了出来,一阵滋滋的水声后,一股清新的粽叶香钻进了我的鼻子。紧接着是糯米的饭香,夹杂着红豆的黏稠

香,阵阵诱人的香气直袭人口鼻。我大口吸着气,一次又一次揉动着鼻头,手中的笔很不听话,落了又落。

再次踮起脚向窗外望时,祖母在厨房对着我笑,接着又向我招手,我如开河的鱼儿,一下就穿梭了过去。

母亲看到我,捂着篦笼说:"妈,得给您过寿的呢。"

我用力吞着口水,喉头上下颤动,眼睛死死盯着母亲那捂住篦笼的手。

"呵,我想尝尝嘛。"祖母话刚落,母亲赶忙弹开了手,取出一只粽子递了过来。

祖母嘘着气,剥开滚烫的粽叶递给我时,母亲却不依了,欲要抢来还给祖母。我又一次狠命地咽了咽口水,在祖母的微笑中,一把接过粽子就往外跑,边哈着热气,边往嘴里塞。那个香啊,直沁喉咙!可那个烫啊,我忙不迭地吐了出来,来不及抬手接过,粽子就地滚入了阴沟。

那个下午,我看什么都像篦笼,那绿色的粽子更是不停地在脑门飞舞。祖母的咳嗽声一阵阵从她卧房传来,那些日子祖母咳得频,母亲很是忧心,做好粽子她就上卫生所取药去了。我的喉头在祖母的咳嗽声中,一次一次蠕动,脚再也忍不住,向厨房挪了去。

篦笼中的粽子被我消灭得差不多时,母亲的脚步在门外响起,我忙不迭地抓起吃过的粽叶就向裤兜里藏,口中嚼着粽肉向自己的小屋奔得贼快。怕母亲看见,最后一片粽叶,就匆匆夹进了语文课本。

翌日,祖母寿诞。母亲看着篦笼中孤零零的几个粽子,愣了。

祖母说:"半夜饿,我给吃了。"

母亲自是不信。她看了看我,手抬了起来。我死死低着头,脚尖在地面使劲地磨着挪着,恨不得磨出一条缝来。

母亲叹了口气,举在半空的手又垂了下来,摸着我的头,一下,又一下……